KB121699

지금
○
여기
○
나를
쓰다

읽어 두기

아이들이 쓴 글은 맞춤법에 따르지 않고 그대로 실었습니다. 그리고 몇몇 학생들 이름은 본디 이름이 아닙니다.

지금 ○ 여기 ○ 나를 쓰다

이상석의 글쓰기 수업

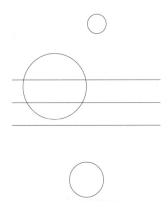

양철북

차례

1

글 가 지 고

놀 기

시와 가까워지기

"다음 주부터 수행평가를 봐야 한다. 아시다시피 수행평가는 장난이 아니다. 점수의 40%를 차지한다. 거의 반이다."

시험 점수에 벌벌 떠는 '쪼잔한 싸나이'가 아니었던 청년들도 시험 기간만 되면 형편없이 쫄아드는 걸 보면 초·중 9년 동안 시험에 주눅 들다 보니 그만 DNA 구조가 그렇게 바뀐 게 아닐까 싶을 정도다.

"뭘 가지고 평가할까? 여러분이 부담 없이 즐길 수 있는 수행평가는 '시 외우기' 정도가 아닐까 싶다. 자기가 시집을 들추어 보고 마음에 드는 것 하나를 잡아 외우는 것이다. 외우다 보면 절로 그 시를 이해하게 되고 그러면 감정이 실리게 될 것이다. 글자만 외우는 것이 아니라 감정을 담아 멋진 낭송도 할 수 있을 것이다."

시 한 편 외우기! 다음 주부터 공부 시간에 한 사람씩 앞에 나가 동무들 시선을 받으며 시를 외우게 될 것이다. 과연?

다음 주 첫 시간.

"자 이번 시간은 약속한 대로 시 외우기 수행평가를 하겠습니다."

말이 떨어지기도 전에 아이들 고함 소리.

"30분만 시간 주지요."

"주지요오? 부탁을 하려거든 좀 공손하게 해 봐."

"30분만 시간 좀 주시시지지예, 아멘"

아이들은 교과서 1단원에 나오는 시 가운데 하나를 골라 외운다. 도서관에서 시집 한 권 빌린 친구가 없다. 아이들이 고른 시는 '진달래꽃'이 대세다. 대세는 나머지도 잡아먹어 버린다. 모두 '진달래꽃'이다. 차례는 제비뽑기로 정하니 그것도 운이다. 나쁠 것 없다. 정말로 아이들은 오랜만에 긴장한다. 처음 나온 아이는 그야말로 제목과 첫 구절에 걸려 넘어지고 말았다.

"진 달 래 꽃 나 보 기 가 역 겨 워…… 나보기가역겨워 역겨워……."

아이들도 놀란다. 여기서 걸리는 건 너무해. 그러나 머리가 하애진 아이의 표정이 우스워 못 견디는 아이들, 팔짱을 끼고 앉아 자기의 무사함을 확인하듯 빙그레 웃음 짓는 아이들. 여기저기 작은 소리가 나온다.

"나보기가역겨워 누울때에는."

"죽을때에는."

"토할때에는."

"그만하세요. 강근호는 지금 죽을 지경이야……."

내 이 말에 근호는 정말 화가 난 모양이다.

"죽을 지경 아닌데요. 빵점 주세요."

"아니야 빵점은 없어. 처음이라 긴장해서 그래. 맨 마지막에 또 한 번 기회를 주지."

두 번째, 세 번째도 네 번째도 마찬가지다.

진달래꽃 아름 따다 가실 길에 뿌리다 막히고,

사뿐히 즈려밟다가 미끄러지고,

영변에 약산 진달래꽃 너무 성급히 따다가 '아름'을 놓치는 바람에 끝나고…….

열두어 명이 나와도 'A'가 안 나온다. 또 제비를 뽑았다. 명훈이다. 이 녀석 아까부터 제 이름 불리기를 간절히 바라는 눈치던데…… 뭔 일이지? 아주 V를 그리며 여유 만만이다. 교탁을 당당히 짚고 서서 천천히 읊조린다.

"너에게 묻는다, 안도현. 연탄재 함부로 발로 차지 마라. 너는 누구에게 한번이라도 뜨거운 사람이었느냐, 끝!"

"으엥? 그기 끝이가?"

"쌤, 저기 끝 맞심까?"

"오랜만에 A가 나왔네."

나도 당연하다는 듯 흔들리지 않고 답했다.

"쌤, 아까 근호한테 기회 함 더 준다 했지예. 우리도 기회 함 더 주면 안 됩니까?"

"기회를 왜 한 사람한테만 주겠나, 평등해야지."

이래서 다시 외우기를 하는데 당연 모두 '너에게 묻는다'이다. 내가 제동을 걸었다.

"글자만 따르르르 외는 건 점수를 줄 수 없다. 시를 낭송하려면 이 정도는 해야지, 자, 봐, 엇흠.

꿈을 비는 마음,

문익환

개똥같은 내일이야

꿈 아닌들 안 오리오마는

조개 속 보드라운 살 바늘에 찔린 듯한

상처에서 저도 몰래 남도 몰래 자라는

진주 같은 꿈으로 잉태된 내일이야

꿈! 아니곤 오는 법이 없다네.

그러니 벗들이여!

보름달이 뜨거든 정화수 한 대접 떠 놓고

진주 같은 꿈 한자리 점지해 줍시사고

천지신명께 빌지 않으려나……"

55행으로 된 제법 긴 시를 외우는데 나도 진땀이 난다. 그러나 아이들은 입을 쩍 벌린 채 다물지를 못한다. '그 긴 시를!' 이날 부터 나는 존경하는 대현자로 추앙받게 된다. 내 말에는 믿음 과 권위가 실린다. 이걸 노리고 내가 얼마나 많은 노력을 한 줄 아이들은 알 리가 없다.

"자, 그럼 다시 이어서 해 볼까요. 감정을 드러내는 걸 보면 이 사람이 시를 바로 이해하고 있는지 없는지도 알지."

근엄한 표정으로 한 자 한 자 우렁차게 외는 아이, C

천천히 읽으면서 고뇌하는 아이, B+

그다음 나온 종봉이는 힐끔 나를 바라본다.

"정말 내 감정 그대로 읽어도 되지예?"

"물론."

대뜸 목소리를 착 깔고 씹어뱉듯이 읊조린다.

"연탄재 함부로 발로 차지 마라이 개애새끼야. 니는 새끼야 누 구에게 한번이라도 뜨거운 사람이었냐 시발느마."

시가 끝나기도 전에 교실은 완전히 뒤집어졌다. 배를 꺾으며 책상을 치며.

나도 맞장구를 쳤다.

"종봉이 A+"

이 뒤부터 시 외우기 시험은 어떻게 됐을지 상상하시라.

마지막으로 덧붙였다.

"이 시는 시인이 자신을 꾸짖는 말이래, '자기 성찰'이지. 그렇다면 여러분처럼 욕이 잘 안 나오겠지. 그렇지만 남을 겨냥해서한 말이라고 해석해도 돼. 시는 읽는 사람의 것이기도 하니까."

무릇 모든 공부는 즐거워야 한다. 하물며 '삶을 가꾸는 글쓰기공부'는 즐거움이 빠져서는 안 된다. 시 쓰기 공부를 시 외우기로 시작해 본 것은 잘한 일이었다. 글공부하다가 이렇게 웃은적은 없으니까. 무엇보다 시와 친해졌으니까.

다음 시간, 프린트를 나누어 주어도 별로 거부하지 않는다. 함께 욕을 섞어 가며 시를 공부한 사이다. 묘한 동지 의식. 아니면 오늘은 무엇으로 재미날까 하는 기대?

"오늘은 여러분이 시에 대해 얼마나 무식했고 무관심했는지좀 한탄해야 할 거야. 프린트 잠깐 봐. 지난번 시 외울 때 여기있는 거 하나만 골랐더라면 얼마나 좋았겠나. 이래서 내가 교과서 말고 시집을 찾아보라고 하지 않더냐. 그런데 여기 적어놓은 이 시들? 내가 뭐 시집 보고 찾은 것도 아니야. 이너넷 있잖아. '짧은 시' 탁 치면 쏟아져 나와. 너거도 알다시피 요샌 무식할래야 무식할 수가 없어. 이 폰에 다 들어 있잖아. 모르는 것 검색은 너거가 훨 빠르지. 문제는 무관심! 보시다시피 여러분이 외우기 좋은 짧은 시는 쌔고 쌨어. 그런데 단디 읽어 보면 여러분이 가슴에 새기고 싶은 시가 한둘 아닐걸. 한번 찾아봐. 이해하기 쉬운 걸 일부러 골랐어. 시는 쉬워서 읽으면 다 알게 돼 있어."

재미있는 짧은 시

가을 | 함민복
당신 생각을 켜놓은 채 잠이 들었습니다.

그 꽃 | 고은
내려갈 때 보았네 올라갈 때 보지 못한 그 꽃

섬 | 정현종
사람들 사이에 섬이 있다 그 섬에 가고 싶다

낙엽 | 유치환
너의 추억을 나는 이렇게 쓸고 있다

호수 | 정지용

얼굴 하나야 손바닥 둘로 폭 가리지만
보고픈 마음 호수만 하니 눈 감을 밖에

시멘트 | 유용주

부드러운 것이 강하다
자신이 가루가 될 때 까지 철저하게
부서져본 사람만이 그것을 안다.

시인 | 김용택

배고플 때 지던 짐
배부르니 못 지겠네

첫사랑 | 이윤학

그대가 꺾어준 꽃
시들 때까지 들여다보았네
그대가 남기고 간 시든 꽃
다시 필 때까지

풀꽃 | 나태주

자세히 보아야

예쁘다
오래 보아야
사랑스럽다
너도 그렇다

반장선거
내 이름을 쏠까 말까
내 마음이
몹시 흔들렸다

직장인 | 이환천
지금처럼
일할거면
어렸을때
존나놀걸

"맨 처음 '가을'부터 맘에 드는데요."
"'당신 생각하다가 잠이 들었다', 안 하고 '생각을 켜 놓은 채
잠들었다', 이렇게 말하니 뭔가 있어 보여. 너거는 안 그렇나?
'당신 생각하다가 잠이 들었다'는 일상어이고 시인이 말한 '생

각을 켜 놓은 채 잠들었다'는 시어라고들 하지. 있어 보이지? 왜 있어 보일까? 생각은 켜고 끄는 게 아닌데 생각을 켜 놓았다 하고, 생각은 눈으로 볼 수 없는 것인데 자기 눈에는 보인다고 하니 있어 보일밖에."

"'섬' 이거는 들어 본 건데요."

"'시멘트'도 좋아요. 우리도 용접할 때 매매 하면 더 맨들맨들하다는 거 알아요."

"'첫사랑'도 쥑이네."

"나는 이 시가 맘에 안 들어. 첫사랑이 꽃을 꺾어 주고는 떠났어. 안 와. 그런데 나는 시든 꽃이 다시 필 때까지 들여다본대. 또라이 아냐?"

"'직장인'은 재미있는 거 같지만 별로인 것 같아요."

이제 제법 이야기가 된다. 차분히 들어 주기도 한다. 아이들이 삶을 말로, 글로 표현하는 일에 관심을 갖기 시작한다. 시에 대해서 자기가 생각하고 느낀 것을 이야기할 수 있으면 됐다.

"여러분 가운데 한 사람이라도 여기 이 시를 알고 있었으면 모두 A+ 받는 건데. 그런데 여기 내놓은 시보다 더 짧은 것이 또 있는 걸 몰랐지? 프랑스 사람 쥘 르나르가 쓴 시, 제목, 뱀. '너무 길다' 이게 다야, 그럴듯하지. 뱀이 제 몸을 몇 굽이나 감으며 스르르 길섶으로 들어가는 모습이 떠올라. 그런데 이 시는 히틀러 나치 독재를 비판하는 데 많이 쓰였대. (나치 독재)

너무 길다! 물러가라.

어쨌거나 여러분이 방금 자기 생각을 말하고 또 서로 이야기
나눈 이것이 '시 감상'이고 나아가 '평론'이 되지. 글이 어려울
것이 없다는 걸 다시 명심해. 우린 방금 감상도 얘기했고 시를
나름 평도 했어. 이 정도 할 줄 알면 억수로 잘하는 거야."

기록하는 버릇 들이기

"우리만 아는 우리 이야기"

글은 말에서 나왔고 말은 자기 삶을 드러내게 되어 있다. 다시 말하면 '삶이 말이 되고, 말이 글이 된다'는 것이다. 좋은 글을 쓰자면 삶이 풍부하고 알차야 한다. 어떤 삶을 살았는가 하는 것이 그 사람의 글을 결정하게 된다. 그래서 글만 따로 떼어서 생각할 일이 아니다. 바탕은 삶이다. 삶이 풍부해야 글감도 풍성해지고 삶이 건강해야 글도 건강하다. 흙이라고는 찾아볼 수 없는 아파트 단지 안에서 집-학교-학원-집만 오가는 아이들한테서 좋은 글을 기대하기는 어렵다. 사람들이 갖가지 방법으로 살아가는 모습을 볼 수도 없고 자연의 향기를 느낄 수도 없

는 세상에서 사는 아이들한테서 무슨 글이 나오겠나. 쓴다고
해 보아야 학원 논술반에서 배운 관념으로 된 글뿐이다. 거기
엔 자기 삶이 녹아들 수 없고 머리로 짜낸 거짓된 관념 조각들
만 가득하기 마련이다. 이런 지경에 이르면 아이들은 죽을 판
이다. 그래도 용케 참아 내며 사는 것이 신통할 따름이다. 그렇
다. 아이들은 스스로 생명을 불어넣는 자생력이 있다. 도시 입
시반 아이들도 나름으로 숨통을 마련하고 거기 기대어 숨 쉬고
산다. 웃음이 있고 즐거움이 있다.

내가 일반계 고등학교에서 일할 때다. 요즘은 없어졌지만 2000
년대 초까지만 해도 반마다 학급일지가 있었다. 결석생, 지각
생, 수업 과목, 담당 선생님, 수업 내용, 담임이 지도한 내용 따
위를 적는 공문서 형식의 일지인데 당번이 날마다 칸을 메워야
하는 것도 일이었다. 이런 일지를 왜 적어야 하나 싶어 고민하
다가 우리 반에서는 공책에 날마다 일어나는 재미난 사건들을
간단하게 써 보자고 했다. 이름하여 '학급 야사學級野史!' 글쓰기
를 즐거워하는 아이 여섯 명을 뽑아 사관으로 삼았다. 그 아이
들이 날마다 돌아가면서 쓴다. 학급 야사에는 금방 우습고 재
미난 이야기가 쌓이기 시작했다. 학급 야사는 써서 즐겁고 읽
어 재미난 인기 있는 글쓰기가 되었다. 글은 꼭 질박한 삶이 드
러나야 한다거나 가치 있는 무엇을 지녀야 하는 것이 아니다.
없으면 없는 대로 제 몫의 가치가 있다.

야사 쓰기를 시작할 때 사관 아이들을 불러 부탁했다.

"어느 선생님 수업에 아이들이 많이 웃어? 웃기는 선생님이 있잖아."

"웃기긴 선생님이 젤 웃기잖아요."

"나 말고 또."

"수학 송 샘은 말없이 웃기고 사회 샘은 때리면서 웃기고……."

"그래, 그렇게 웃은 일을 앞뒤 이야기를 붙여 왜 웃었는지 써 보는 거야."

"뭐 하게요? 웃고 넘어갔는데……."

"그걸 세월 좀 지나서 읽어 봐. 얼마나 재밌다고. 이뿐 아니야. 애들 가운데 한 친구를 딱 정해서 시간마다 스토커처럼 관찰하는 거야. 콧구멍을 어떻게 후비는지, 졸 때 모습은 어떤지, 입 벌린 모습은 어떤지, 그걸 아주 자세히 쓰는 거야. 만화보다 더 재밌어."

"재미는 있겠네요. 근데 그걸 우리가 다 적어라고요?"

"아냐. 너희가 적을 만큼 적고 다른 친구들한테 돌려야지. 처음을 너거가 재미나게 써 보이면 오태도 쓸라 할 거고, 규민이도 쓸라 할 거고…… 서로 쓸라 할걸."

이렇게 시작한 학급 야사 쓰기는 우리 반 아이들의 숨통이 되었다.

그리고 학년 말 학급 문집을 낼 때 학급 야사란 이름은 나 혼자서 이름 붙인 한자말이라고 아이들이 '우리만 아는 우리 이야기'로 제목을 바꾸었다.

우리만 아는 우리 이야기
고1 학생들

2002년 3월 19일
4교시 영어A 시간.
선생님과 아이들이 열띤 토론(사실은 말싸움)을 벌였다. 주제는 미국에 관한 것. 영어 선생님은 영어 선생님답게 미국을 옹호하며 우리가 삐뚤어진 생각을 가지고 있다고 했고 우리는 선생님을 야려(놀려) 가며 미국을 욕함.
6교시 수학B 송진석 선생님 시간. 허복을 놀리기 위해 "복, 복, 복, 복, 복⋯⋯." 닭 울음 같은 소리를 내다가 선생님에게 걸린 승현이는 한 시간 내내 신음 소리를 내며 '엎드려뻗쳐'를 함.

3월 22일
황사가 심한 날, 체육시간에 혼자 마스크를 쓰고 나온 도균이, 배신자 취급당함.

3월 27일

체육시간에 몸이 아프다고 쉬던 선욱이, 선생님 몰래 아이들과 같이 축구 하다가 걸려 혼남.

4월 4일

2교시 담임선생님이 들어오시는 국어 시간에 반장 재철이가 더 잘 하자는(?) 의미로 떡과 우유를 돌렸다. 재철이의 "함께 가자"라는 외침과 함께 우유로 건배를 하고 떡을 맛있게 먹었다. 다른 반은 주로 햄버거와 콜라를 돌리지만 우리들은 그럴 수 없다 하여 떡으로 바꾸긴 했는데…… 글쎄 맛은 아무래도…….

4월 11일

○○○선생님 시간, 교실에 들어오신 선생님은 다짜고짜 민철이를 불러냈다. 그리고는 "니 어제 내 학교 끝나고 내려갈 때 뒤에서 뭐라고 했어?" 뭔가를 알아챈 듯한 민철이는 "아 그게 아이고……" 하고 말을 시작하려 했지만 변명은 필요 없다며 남자답게 말하라면서 뺨을 한 대 쳐올렸다. 순간 분위기를 파악한 민철이는 (변명을 하지 않고 용서를 구하

는 게 덜 맞겠다 싶어서) "죄송합니다"라고 연신 해댔다. 그러나 뺨 2~3대로 끝나는가 싶더니 선생님은 계속 뺨과 다른 곳을 때렸고 도합 10여 대 정도를 때린 후에야 민철이를 들여보냈다. 수업이 끝나고 민철이 얘기를 들어보니 선생님이 길을 내려가고 있을 때 친구가 "어 저 ○○○ 아이가?"라고 민철이에게 물어봐서 그냥 "어" 하고 대답한 것밖에 없는데 선생님이 오해를 했다면서 무척 억울해했다.

4월 22일

'무표정의 대명사' 수학 송진석 선생님이 우리가 고등학교 올라와서 처음으로 양복을 입고 오셨다. 만날 줄무늬 잠바 하나로 버텨 왔는데 최근 딴 옷 좀 입고 오라는 아이들의 바람이 큰 영향을 준 거 같다. 미리 정보를 입수한 우리들은 7교시 선생님이 들어오실 때 큰 박수로 맞이했다. 이에 보답이라도 하듯 선생님은 "이 옷도 한 한 달 갈 겁니다" 하면서 농담을 던졌다.

1, 2교시 적성, 인성 검사를 실시했다. 1교시 무사히 검사를 마치고 2교시에 화학 선생님이 들어오셨다. 우리는 화학을 빼먹는다는 즐거운 마음에 열심히 검사에 응했다. 그런데 누군가가 "쌤, 검사 항목 중에 성 경험이 있습니까? 라는 게 있는데 자위행위도 성 경험입니까?"라며 질문을 던졌다.

우리는 당황하는 선생님의 모습을 상상하며 막 웃고 있는데 선생님은 아무렇지도 않게 오히려 대차게 역으로 우리에게 질문을 던져 우리를 당황케 했다.

5월 20일

7교시 수학: 선종이가 외국에는 이런 것(이차부등식) 안 배운다고 하니 선생님께서 미소를 지으면서 "가 봤냐?"라고 반격하셨다.

5월 23일

4교시 국사

1. 선생님께서 24번 읽어 봐 했는데 창민이는 옷 정리 중이라 일어나지 않고 있었다. 그러자 한 아이가 전학 갔다고 해서 선생님께서 체크하려고 했다. 그러자 옷 정리하던 창민이가 일어났다. 선생님께서 그 옷은 뭐냐고 하니까 앞에 있던 현덕이가 5년 만에 샀다고 했다. 그러자 오태가 "어라~ 그거 어제 내가 버린 건데……"라며 핀잔을 주었다.

2. 승현이가 잠을 자는 모습을 처음 보았다. 그러나 10분 만에 일어나 또 떠들었다.

5교시 영어B: 선생님께서 갑자기 뛰어나가셨다. 또 1반 반장은 커피를 빼앗겼다.

7교시 자습: 난우가 종이비행기를 접어서 "이거 500원이다. 오태 사라~" 하니 오태가 돌았냐? 했다. 그리고 하는 말 "400원으로 해도~"

5월 28일

5교시 사회B

1. 오늘 선생님께서 웬일인지 커피도 안 시키고 15분 동안 잠을 자게 해 주셨다.

2. 사회 수행평가 점수를 보고 시루기가 "내 0점이다" 하니 오태가 "나도!"라고 하면서 뜨거운 포옹을 하였다. 갑자기 선생님께서 오시며 "미친놈" 하며 시루기를 한 대 때리셨다. 시루기는 도망가다가 한 대 차였다.

3. 선생님 별명인 '누피'(스누피의 줄임말)를 아이들이 적어도 300번은 불렀는데 모르셨다.

5월 29일

2교시: 13반과 축구를 하여서 졌다. 3:1로…… 득점은 진성이가 하였다.

6교시 생물

1. 승현이가 두 번째로 갔다. 그러나 2분 뒤 선생님께서 일어나라고 하셨다.

2. 선생님께서 파리가 어떻게 맛을 보는지 물으니 춘규가 하는 말 "지가 알아서"라고 해서 맞았다.

7교시 자습: 오태가 가지고 온 물총 때문에 물총 붐이 일어 났다. 그래서 영곤이가(영곤이 집은 문방구) 물총 1000원짜리 살 사람 명단을 들고 다녔지만, 몇 명이나 살지 의문이다.

5월 30일

생각보다 물총이 많이 팔렸다.

1교시 기가(기술·가정): 오태가 책을 안 가지고 와서 걸렸 다. 선생님이 왜 안 가지고 왔냐고 물으니, 집에서 공부하다 가 놓아두고 왔다고 했다. 그러자 선생님께서 기술 공부는 집에서 하지 말라고 하니 오태가 가정 공부 했다고 하였다. 선생님께서 안 때리려고 하시다가 때리셨다.

2교시 국어A: 선생님께서 '사망, 서거하였습니다'를 쉬운 우리말로 고치라고 하니 아이들이 '꽥했습니다, 뒤졌습니 다'라고 풀이했다. 선생님은 쓴웃음을 지었다.

3교시 사회B

1. 오늘도 순한 밀크 커피를 시켰다.

2. 선생님이 "어디 할 차리야?"라고 하니, 시루기가 "401페 이지"라고 소리쳐서 맞았다.

3. 누피라고 한 아이들이 맞았다. 눈치챈 줄 알았는데 선생

님은 개그 프로그램 유행어인 줄 알고 계셨다.

6월 8일

1교시 독어: 독어 숫자를 배웠는데 엄청 길었다. 그러자 오태가 "와! 독일 가서 물건 살려면 가격 말하는데 1분 동안 시불거린데이. 그리고 하는 말, 안 살 건데요."

6월 9일

1교시 가정A: 혈족과 결혼된다고 하니

사이코: 엄마랑 결혼해도 되겠네.

현덕이: 그럼 아빠가 가만 있겠나?

짧은 글로 몸 풀기

"듣고 보고 느낀 것은 놓치지 마라"

무슨 일이든지 처음 시작할 때는 재미있어야 할 마음이 생기지. 글쓰기도 마찬가지다. 글을 쓸 때 재미가 있어야 한다. 재미를 들이면 자꾸 쓰게 되고 그러다 보면 아름다운 작품을 얻게 된다. 학생들이 글쓰기를 싫어하는 까닭은 처음 시작할 때 뭔가 잘못되어 재미를 잃었거나 보람을 느끼지 못했기 때문이다.

고등학생쯤 되면 어지간해서 선생 말을 잘 안 믿는다. 글쓰기가 재미있다는 사실을 아무리 이야기해 보아야 믿어 줄 아이 없다. 실제로 보여 주어야 한다. 그러기 위해서 나는 이렇게 아이들을 꼬드긴다.

(1)짝지 얼굴 자세히 본 적 없지? 잘 보면 안 보이던 게 보여.
그림 그리듯이 한번 써 봐.

얼굴 어느 어느 부분에 점 몇 개, 점 새깔, 눈동자, 눈자위, 눈
썹, 입술 주름, 콧날, 콧구멍, 이빨 들 모양 그리고 이런 것들이
어울려 풍기는 분위기, 느낌을 써 본다.

　커다랗고 선명한 눈망울이 정말 예쁘다. 동그란 얼굴에 아
　톰 같은 머리를 하고 있는데, 생긴 모습도 정말 아톰을 닮았
　다. 티끌 하나 없는 하얀 피부에 웃으면 살짝 나오는 토끼
　이빨, 선명하고 깊은 인중과 너무 가늘지도 두껍지도 않은
　입술, 조그마한 코가 산 모양의 눈썹 사이에 곧게 뻗어 있
　다. 작고 여린 몸매까지 아톰의 여자 친구를 보는 듯한 착각
　에 빠지게 하는데, 미모를 더욱 과시하는 듯 별일 아닌 일에
　도 자주 실~ 쪼갠다. ('나의 경계 서현이'에서)

(2)너희가 정말 다니고 싶은 학교를 만든다고 생각해 봐. 마음
껏 상상해서 멋진 학교를 그려 봐.

어떤 상상을 해도 좋다. 황당한 생각도 다 인정해야 한다. 심지
어 남학생 여학생이 부부가 되어 학교에 오는 이야기, 여행 버
스가 교실인 학교, 학급 정원은 열 명, 개인 노트북, 삼단 서랍
이 있는 책상, 새 소리가 들리는 교실……. 다양한 상상이 나

온다. 이것은 아이들의 꿈이기도 하다. 그런데 막상 써 보라 하면 무엇을 써야 할지 몰라 머뭇거린다. 학교라는 획일화된 구조 때문인지, 상상을 하면 무엇하나 싶은 좌절감 때문인지 모르겠다. 언젠가 어느 학생은 한마디로 자기가 바라는 학교를 말했다.

　　제목; 내가 원하는 환상적인 학교
　　내용; 학교를 없앤다.

(3) 친구한테 들은 우스운 이야기나 황당한 이야기, 어린 조카나 동생한테 들은 귀엽고도 놀라운 이야기도 써 봐.

　　집에 가니 큰누나가 아들을 데리고 놀러와 있었다. 누나한테는 대강 인사하고 시완이를 데리고 내 방으로 가서 레고를 가지고 놀았다. 얼마 하지도 않았는데 누나가 간다고 일어섰다. 시완이는 서둘러 레고를 통에 담기 시작했다. 제 딴에는 정리하는 모양이다. 엄마는 외손주가 기특해 죽겠단 듯이 시완이를 안으며 말했다
　　어머니; 아이고 착해라! 어느 집 아들이 이래 착하노?
　　시완이; (심각한 표정으로) 한양아파트집 아들인데요.

늘 현장 작업복을 입고 출근하던 아버지가 양복을 입고 현관에서 구두를 신는다.

시완이: 아빠 오늘 회사에서 제사 지내?

시완이: 할머니, 할머닌 결혼했어?
할머니: 그럼, 옛날에 했지.
시완이: 그럼 왜 애기가 없~어~?

(4)아침 등굣길이 아름다우면 본 것만 써도 시가 돼.
강원도 상평초등학교 4학년 담임 탁동철 선생님은 첫 시간 수업을 시작하면서 '오늘 아침에 일어나서 본 것 쓰기'를 한다. 서너 문장으로 본 것을 그려 보게 하는데 그 문장들이 시가 되어 교실을 환하게 한다.

파란 하늘에 새가 떼를 지어 푸득푸득 날아간다. 화살표 모양으로 날아간다. 푸득푸득 슉 푸득푸득 슉. 멋있는 새. 나 오늘부터 새 좋아해야지. (2018. 5. 19 혜원)

방앗간 지붕 위에 참새가 앉아 있었다. 뒤이어 아저씨가 다가오더니 감나무 가지를 꺾어 지붕 위로 던진다. 참새가 찻길 위로 푸드득 날아갔다. 참새도 아저씨도 방앗간 지붕도

아무렇지 않은데 감나무만 손해 봤다. (2018. 5. 27 애선)

햇빛은 바늘 갖고 내 등을 찌른다. 풀은 고개 숙이고 운다.
(2018. 7. 3 혜원)

와! 청개구리가 우리 집 창문을 기어 올라오고 있다. 발가
락이 찐득이 같다. 배가 창문에 닿아 꼬집어 집히는 것처럼
밀린다. (2018. 5. 13 문희)

(5) 쓸 게 없다고? 아침에 일어나 하는 일이 얼마나 많은데. 누
가 더 자세히 쓰는지 한번 겨뤄 볼까?
잠에서 깨어 바로 일어나지 못하고 이부자리에서 뒤척이는 동
안의 일도 놓치지 않고 하나하나 쓰면 열서너 문장은 거뜬히
쓸 수 있다는 것을 보여 준다. 아이들은 금방 눈동자 움직이는
것까지 이야기하기 시작한다. 재미있단다.

엄마가 일어나라고 소리친 게 세 번쯤 된 것 같다. 이제 두
번 더 소리치면 일어나리라. 그 순간까지라도 좀 더 나른한
잠 속을 너울너울 헤엄치고 싶다. 안 일어나나, 소리가 한
옥타브 높아졌다. 실은 나도 잠은 거의 깼다. 단지 이 따뜻
한 자리의 유혹을 떨치고 일어나지 못할 뿐.

내 이름을……. 엄마가 금방 달려올 기세지만 나는 안다. 싱크대 앞에서 고함만 치고 있으리란 걸. 이제 눈을 떠 볼까. 어? 왼쪽 눈은 눈곱이 많이 꼈는지 잘 떨어지지 않는다. 왼팔을 들어 집게손가락으로 눈을 비벼 본다. 딱딱한 눈곱이 바로 잡힌다. 그걸 엄지와 집게손가락으로 지그시 눌러서 바스러지지 않도록 뱅뱅 돌려 좁쌀알만 한 구슬을 만들어 톡 튕긴다…….

이런 글감으로 시간은 5분~7분 정도 짧게 주어서 완성은 안 되어도 좋으니 그 시간 안에 누가 더 자세하고 길게 쓰는가를 겨루어 본다. 이렇게 글쓰기를 놀이로 시작한다. 아이들이 글을 아예 멀리하려고만 드니 '글 가지고 놀기'로 글을 가까이 해 보는 것이다.

이때 나온 글 한 편.

일어나서 학교까지
고1 김경우

여섯 시가 되면 항상 나를 귀찮게 하는 엄마의 잔소리가 있다. '경우야 6시다' 거의 변함없는 억양에 낮지도 그리 높지도 않은 적당한 톤의 목소리는 나의 잠을 깨게 만든다. 곧장 화장실로 가서 변기에 앉아 일을 본다. '끙~응 아 씨발 딥따 안 나오네 밥 먹고 싸야 되겠다' 하며 물을 내린다. '쏴아' 가끔은 변기처럼 단번에 일을 봤으면 하는 생각도 한다. 세수를 끝내고 내 방으로 돌아와 컴퓨터를 켜고 옷을 갈아입었다. 인터넷에 접속한 뒤 러브유로 가서 받은 편지를 확인했다. 2개의 편지가 도착해 있었다. 그 편지를 읽고 문자가 나를 얼마나 걱정하는지 알게 되었다. 시간을 보니 6시 30분을 가리키고 있었다. 답장을 하기 위해 답장하기 란을 클릭한 뒤 편지를 보냈다. 식탁으로 가 보니 어머니께서 아침을 준비해 놓으셨다. 오늘 국으로 올라온 곰국은 오래돼서 그런지 누린내가 났다. 엄마보고 맛을 보라고 하니까 맛을 본 뒤 어머니는 아무 말 없이 얼굴을 찡그리셨다. 아침을 끝낸 뒤 곧바로 화장실로 향했다. 아랫배에선 전쟁이 시작된 것이었다. 나는 재빠른 동작으로 위기를 모면했다. 그런 뒤 오늘의 일과를 잠시 떠올린 뒤 양치질을 했다. 느긋한 마음으로 현관을 나가는 순간 아차 하는 생각에 어머니께 글쓰기반에서 써야 할 공책을 사기 위해 1500원을 달라고 했다. 그런데 어머니께서는 2000원을 주셨다. 그러고 나서 시계를 보았을 땐 7시를 가리키고 있는 것이 아닌가.

나를 기다리고 있을 성호와 대근이 생각이 났다. 그래서 얼른 엘리베이터를 눌렀다. 먼저 16층에서 한 번 서고 14층에서 한 번 더 선 뒤 드디어 13층에 섰다. 엘리베이터 안에는 아이를 안고 있는 아주머니와 여중생 한 명과 그 여중생의 아버지로 보이는 중년 남자가 있었다. 나는 아주머니를 헤집고 뒤쪽으로 갔다. 거기서 아주머니가 안고 있는 아이의 눈을 보았다. 티 없이 맑고 깊이를 알 수 없을 정도의 호수 같은 눈이었다. 한 7층쯤에서 엘리베이터가 또 한 번 멈춰섰다. 문이 열리자 내가 아는 후배 두 명이 타는 것이었다. 그리곤 나에게 고개 숙이며 인사했다. 나는 어색해서 손을 흔들었다.

어느덧 1층까지 내려왔다. 나는 무작정 44번 종점까지 달렸다. 숨이 가빠왔다. 역시나 대근이와 성호가 기다리고 있었다. 5분쯤 지나자 기다리던 44번이 왔다. 그러나 우리학교 학생들이 많은 관계로 앉을 수는 없었다. 다음 정류소에서 형일이가 탔다. 형일이는 웃으면서 그냥 지나쳐 갔다. 다음으로 탄 사람은 요즘 버스에서 자주 보는 J모 양과 그의 친

구들이었다. 난 아무 말 없이 학교 앞 정류소에 내릴 때까지
J모 양에게 손을 흔들면서 내렸다. 항상 문을 열어 놓던 부
산진 서점이 웬일인지 문을 굳게 닫아 놓았고 언제나 작동
중인 인형 뽑기 기계는 외로이 지나가는 사람들의 시선을
받을 뿐이었다.

학교로 올라가는 가파른 언덕길에 한 아저씨가 단과학원에
서 무료로 제공하는 공책을 학생들에게 나눠 주고 있었다.
나는 받기가 싫어서 옆으로 돌아갔다. 드디어 교문에 도착
했다. 그런데 웬일인지 우리 반 담임이신 L모 군(선생님)이
보이지 않았다. 나는 속으로 급한 일(큰 거)이 있어서 잠시
자리를 비웠나 보다 하고 생각했다. 종이 울렸다. 대근이와
나는 뛰어 올라가기 시작했다. 하지만 3층에서 조용히 걸어
올라갔다. 왜냐하면 3층에서 떠들었다간 선생님께 혼나기
때문이었다. 우리 반에 도착하니 아침을 시작하는 종철이의
이야기가 시작되고 있었다. (2000. 3)

한 발 더 다가가기

"지금 여기에다 그 장면을 살려 내 봐"

"오늘은 마음에 이는 빛과 그림자를 잘 살펴 한번 써 보자. 요즘 겪은 일 가운데 마음을 어둡게 만든 그림자는 어떤 게 있을까, 한번 생각해 봐. 부끄럽고 억울하고 화났던 일 말이야. 아니면 마음을 환하게 만든 그녀의 빛나는 눈동자는 없어? 내 마음을 뛰게 한 그이의 잔잔한 웃음 같은 거……."

글과 제법 친해졌겠지 싶어 내가 그만 사치를 부렸구나. 아이들은 내 말을 귀에 담기는커녕 비웃고 있는 눈치다. 교실은 썰렁~~ 모드를 지나 냉동실이다. 솔직해지자. 아이들은 이런 신파조 사설을 싫어한다. 직설이 좋다.

"야, 너거 이제 제 이름 달고 내놓을 글 하나 정도는 갖고 있어
야 할 거 아냐. 이 글을 내가 고1 때 썼지, 하고 너희 아들딸한
테 떳떳하게 내놓을 글……."

아, 이것도 아니다. 아이들은 제 이름 단 글을 원하지 않는다.
더욱 솔직해지자.

"얘들아, 내 솔직한 마음을 말할게. 나는 말이야, 너거가 진심
으로 쓴 글을 만나면 반갑고 좋아서 벌떡 일어나 춤을 추고 싶
어. 집에서 읽을 땐 진짜 춤도 춰. 무지무지 좋아. 그런 글을 읽
고 답을 써 주는 게 내 행복이야. 우리 여태껏 짧은 글은 제법
써 봤잖아. 그 내공을 모아 오늘 이야기가 한 토막 완성되는 글
을 한 번만 써 보자 이거야. 부탁이다. 멀리 생각하지 말고 중
학교 1학년 때부터 고1이 된 지금까지 기억에 깊이 남는 사건
하나만 떠올려 봐. 뭐, 아주 남다른 사건이 아니라도 좋아. 친
구하고 싸운 이야기, 어머니한테 섭섭했던 일, 그 선생님 생각
하면 이가 갈리는 일 뭐든지 좋아. 남들이 알아듣기 쉽게 자세
히만 쓰면 돼."

여기서 건진 월척! 두 편!

난 이 글을 동네방네 자랑했다. 반갑고 좋아서 덮어놓고 있을
수 없었다.

온 집안을 뒤엎었던 내 돈 이야기

고1 이병덕

이 이야기는 내가 중3 말 고등학교 원서를 ①다 쓰고 나서의 일이다.

난 한번 돈을 모으기 시작하면 끝을 본다. 그래서 중3 시작할 때부터 난 차곡차곡 돈을 모으기 시작해서 약 여덟 달 ②동안 20만 원이라는 큰돈을 내 손에 쥐었다. 여덟 달 동안 돈 한 번 안 쓰고 고생고생 해서 모은 돈이었다. ③난 누나 앞에 서서 오른손에 10만 원 왼손에 10만 원 쥐고 "누나! 짠~" 하면서 뒤로 감춰놓았던 왼손을 앞으로 내민다. 순간 깜짝 놀란 누나. 거기에 덩달아 나의 오른손도 짠~ 하면서 보여줬다. 그런 다음의 나의 터프하고도 멋진 한마디. "총합 20만 원……" 누나는 두 눈 똥그랗게 뜨고 나를 계속 쳐다본다. 그러더니 순식간에 나에 대한 태도가 달라진다. 그러면서 간도 크게 나에게 5만 원이나 빌려달라는 누나. 난 "어째 모은 돈인데" 하면서 절대 빌려 주지 않았다.

④계속 매달리는 누나에게 이때다 싶어서 화를 버럭 내며 내 방에서 내쫓고 문을 잠가버린다. 이때까지 누나한테 쌓인 게 한꺼번에 다 풀리는 순간이었다. 기분이 짜릿했다. 언제 한번 이런 기분을 맛보랴! 이러면서 기분 좋게 잠이든

나. 그 다음날 일어나서 기분 좋게 학교로 갔다. 원서를 쓰고 난 다음이어선지 일찍 마쳐 주었다. 거기다 그날이 토요일이어서 기분은 날 것만 같았다. 오늘 남포동에 가서 옷 사고 PC방도 가고 애들이랑 같이 노래방도 가고 그리고 내가 태어나서 사상 처음으로 미팅을 나간다는 생각에 난 더욱더 부풀어 올랐다. 집에 와서 ⑤항상 ⑥내가 돈을 숨겨놓는 곳 학생대백과 사전 3권 333쪽을 펴는 순간 너무 놀랐다. 여덟 달 동안 힘들게 모으면서 이런 날을 상상하면서, 이런 날을 위해서 모은 돈이 깡그리 없어져 버린 것이다. '이게 우째된 일이고' 하면서 난 미팅이나 오늘 놀기로 한 것 다 취소 해 버리고 하루 종일 미친 사람처럼 넋이 나가 있다가도 갑자기 짜증내기도 하고 옥상에 가서 소리를 지르기도 했다.

밤 10시. 누나가 왔다. 그런데 ⑦손에 보니 웬 쇼핑백이 너무도 많이 쥐어진 것이다. "그게 다 뭐고?" 이러는 순간 누나는 방으로 뛰어 들어간다. 난 바로 방으로 쫓아 들어가 문을 잠그기 전에 열어서 쇼핑백을 본다. 순간 난 기절할 뻔했다. 그 많은 쇼핑백에 있는 게 전부 다 옷이었기 때문이다. ⑧그래서 난 누나를 째려보며 "이렇게 많은 옷 살 돈을 어디서 구했노?" 이러니 "아빠가 줬다." 또 내가 "아빠가 돈을 이렇게 많이 주더나?" 이러니 "내가 모은 돈도 있다." 이렇게 얼버무리는 누나. 난 "아빠가 오면 알겠지" 이러고 나오는데 부모님께서 오셨다. 난 바로 아빠를 붙잡고 "아빠 오늘 혹시 누나한테 용돈 줬나?" 하며 물으니 아빠가 안 줬다고 한다. 그래서 바로 누나 방에 뛰어가서 문을 여니 문이 열리지 않았다. 잠가 놓은 것이다. 난 문을 발로 두들겨 차며 부수려고 했다. 그걸 보고 놀란 부모님은 날 엄청 꾸짖으신다. 난 더 화가 나서 "뭘 안다고 그러는데?" 이렇게 소리치고 계속 문을 찬다. 그 바람에 아빠가 나를 말리고 무슨 일인지 내게 묻는다. 그래서 나는 있었던 일을 울면서 다 말했다. 그러니 아빠가 내게 던진 결정적인 심문.

"니 문 잠그고 잤다며? 근데 어디로 누나가 들어왔다는 건데?"

난 그 말에 대답 못 하고 아빠한테 꾸중을 듣기 시작한다. 그리고 나서 아빠는 누나를 잘 타일러 불러낸다. 아빠는 누나한테 내 돈을 가져갔냐고 몇 번이고 물었지만 안 가져갔다고 누나가 말하자 그때마다 난 아빠한테 꾸중을 들었다. 그러나 아버지의 끈질긴 심문 덕택에 누나가 사실대로 돈을 가져갔다고 말했다. 아빠가 돈을 어떻게 가져갔냐고 묻자 새벽에 내 방에 베란다 쪽으로 통한 창문을 통해서 들어와 1시간 동안 내 방을 뒤진 끝에 가져갔다고 했다. 난 그것까진 생각 못해 아빠한테 꾸중 들은 일이 더 큰 짜증으로 다가왔다. 화가 났다. 내가 여덟 달 동안 돈을 쓰고 싶어도 안 쓰고 버텼던 날들을 생각하니 더욱더 화가 났다. 그때 나를 폭발하게 만든 아빠의 한마디. "돈은 이미 썼다는데 쓴 돈이 화낸다고 다시 돌아오는 건 아니니깐 그냥 넘어가자." 이 한마디에 나는 아빠한테 화를 내며 엄청 따졌다. 그러자 누나가 "지금 누구한테 따지고 있노? 니 정신 나갔나?" 이런 말을 하는 것이다. 뻔뻔하게도. 그러자 아빠가 마지못해 나한테 준 5만 원……. 난 엄청 화가 났다. ①20만 원의 보상으로 5만 원밖에 못 받다니. 그러자 아빠가 "안 받을래? 안 받으려면 말구……." 하면서 다시 ⑨주머니에 집어넣으려고 하는 걸 내가 뺏다시피 ⑩가져갔다. 내가 순간적으로 무너지는 순간이었다.

이렇게 20만 원 사건은 끝나고 누나가 "돈 가져가서 미안. 다음부터는 안 그럴게. 그리고 앞으로 돈 빌려 가면 꼬박꼬박 다 갚을게" 이러면서 사과하는 누나. 어쩌겠는가? 세상 뒤져봐도 단 한 명뿐인 누난데.

그러고 나서 약 1년 뒤. 내가 고등학교의 찌든 생활을 마치고 돌아오니 ⑪누나가 내 앞에서 갑자기 헛기침을 하더니 돈 15만 원을 내 앞에 보여주는 것이다. 순간 '헉' 했지만 그리 관심을 나타내지 않는다. 왜냐하면 돈이 사람을 사람답지 않게 만든다는 것을 지난 일을 통해 알고 있기 때문이다. 하지만 누나가 나에게 하는 말이 "이거 내가 고3 여덟 달 동안 하나도 안 쓰고 모은 돈이다. 내가 20만 원 정도 모았으면 니한테 10만 원은 줄 건데 내가 돈 좀 써서 15만 원 모았다. 자 8만 원" 하면서 내게 건네는 것이다. 너무 기분이 좋았다.

이 글을 쓰면서 내가 하고 싶은 말은 돈에 미련 갖지 말자는 것이다. 돈이란 때때론 사람을 기분 좋게 만들 수도 있겠지만 돈 때문에 사람이 짐승처럼 변하는 경우도 더러 있기 때문이다. 지금 이 사회 자체가 그렇게 변하지 않았나 싶다. 돈이란 것에 정신을 잃고 쫓아다니면 그 사람은 그때부터 사람이 아닌 짐승으로 변하는 것이다. 그러므로 돈에 미련 갖지 말자. (2000. 4. 1)

1. 이 글이 자랑스럽다. 꼼꼼히 살필 본보기 글이다.

동생 돈을 노리고 베란다 쪽 창문을 열고 들어가 한 시간 동안 뒤져서 돈을 훔치는 누나, 그리고는 제 옷을 몇 벌이나 사 오는 누나, 그의 행동을 이해하긴 참 힘들었다. 더욱이 누나의 명백한 잘못을 알고서도 잘못을 따져 꾸짖지 않는 아버지 태도도 이해하기 어려웠다. 그러다가 뒤늦게야 알았다. 아이들에게 보기 글로 내보이느라 몇 번을 읽으니 아버지가 슬기로운 사람인 걸 알겠다. 만약 아버지가 돈을 훔친 짓은 '도둑질'이라고 딸을 몰아붙였다면 반성은커녕 식구들 모두 상처를 입었을 것이다. 남매 사이, 식구들 사이에 일어난 일은 명확한 시비를 가릴 일이 아니다. 남이 보면 이해하기 힘든 일도 눙치고 넘어갈 수 있다. 이 글이 보여 주는 따뜻한 마음은 여기에서 생겨나는 듯하다. 글쓴이는 이야기를 물 흐르듯이 잘 풀어놓았다. 제법 긴 글인데 단숨에 읽힌다. 말하듯이 문장을 써 내려갔기 때문이다. 더욱이 등장인물들 행동과 말이 아주 생생해서 마치 우리 앞에서 일이 벌어지고 있는 듯하다. 표현이 자세하고 정확하다는 것이다. 실감 나게 그려 낸 것도 돋보인다.

이 글은 내 글쓰기 교육 '서사문 쓰기' 시간에 늘 자랑하는 보기글이다.

그러나 보기글로 쓰일 작품은 여느 글보다 문장 고치기를 혹독하게 당한다.

2. 등장인물의 행동을 잘 그려 낸 곳

③난 누나 앞에 서서 오른손에 10만 원 왼손에 10만 원 쥐고 "누나! 짠~" 하면서 뒤로 감춰놓았던 왼손을 앞으로 내민다. 순간 깜짝 놀란 누나. 거기에 덩달아 나의 오른손도 짠~ 하면서 보여줬다. 그런 다음의 나의 터프하고도 멋진 한마디. "총합 20만 원……."

보통 사람들은 자기가 한 행동인데도 이렇게 자세하고 실감 나게 그려 낼 엄두를 내지 않는다. 자세히 표현한다고 하는 것이 기껏 "양손에 돈을 각 10만 원씩 쥐고 양손을 차례로 내밀며 자랑했다. 총합 20만 원!" 하는 정도이다.

⑥내가 돈을 숨겨놓는 곳 학생대백과 사전 3권 333쪽
돈을 숨긴다고 깊은 곳 어딘가에 매매 넣어 두었는데 정작 내가 숨긴 곳을 잊어버려 안달했던 일이 떠오른다. 글쓴이도 이런 경험을 한 게 아닐까. 이제는 책꽂이 수많은 책 가운데 하나, 잊으려야 잊을 수 없는, '3권 333쪽!'

⑨주머니에 집어넣으려고 하는 걸 내가 뺏다시피 가져갔다.
내가 순간적으로 무너지는 순간이었다.
아버지가 협상용으로 내민 5만 원을 받는 순간 협상에 응한다는 말이 된다. 순간의 심리까지 놓치지 않았다

⑪누나가 내 앞에서 갑자기 헛기침을 하더니 돈 15만 원을 내 앞에 보여주는 것이다.
누나의 어색한 헛기침 소리가 들리지 않는가?

3. 고칠 곳

①'~의'는 되도록 쓰지 않는 것이 좋다. 여기 쓰인 '의'는 뜻이 환하도록 다른 말로 바꾸어야 하겠다.

다 쓰고 나서의 일이다. → 다 쓰고 나서 겪은 일이다.

20만 원의 보상으로 5만 원 → 20만 원 잃고 보상으로 5만 원

우리 문장에 "~의"가 많이 쓰인 것을 본다. 그런데 "~의"는 없애 버려도 뜻이 통하는 것이 많다. 왜 쓸데없이 "~의"를 쓸까?

일본말 "の"를 우리말로 뒤치면 "~의"가 된다. 우리말에서는 토씨 "의"를 잘 안 쓴다. 입으로 말할 때는 지금도 "의"는 거의 쓰지 않는다. "~의"를 정확히 발음하기도 어렵다. 그런데 일본말 "の"는 수십 가지 구실을 하는 조사로, 사전에 나온 일본말 가운데 가장 많은 뜻을 지녔다고 한다. 이러니 문장 안에 "の"가 자주 나올밖에. 이런 글을 우리말로 직역하고 보니 여기저기 "~의"가 많이 나온다.

서로의 안부를 묻고 → 서로 안부를 묻고

여야 모두의 패배 → 여야 모두 패배

나의 첫 번째 존경하는 분 → 내가 첫 번째 존경하는 분

나의 살던 고향은 → 내가 살던 고향은

②동안 → 만에

④계속 → 자꾸

⑤항상 → 늘

⑦손에 보니 웬 쇼핑백이 너무도 많이 쥐어진 것이다. → 손을 보니 웬 쇼핑백을 너무도 많이 들고 있다.
우리말은 서술어를 입음꼴(피동태)로 쓰지 않고 능동태로 쓴다. 사람을 주어로 내세워 글 내용을 풀어 가게 한다.

⑧대사와 설명을 한꺼번에 써 놓으면 글이 탄력성을 잃는다. 대사만 써 놓아도 충분하다. 이렇게.

난 누나를 째려보며 다그쳤다.
"이렇게 많은 옷 살 돈을 어디서 구했노?"
"아빠가 줬다."
"아빠가 돈을 이렇게 많이 주더나?"
"내가 모은 돈도 있다."
얼버무리는 누나.
"아빠가 오면 알겠지"

이러고 나오는데 마침 오신다. 바로 아빠를 붙잡고 물었다.

"아빠 오늘 혹시 누나한테 용돈 줬나?"

"안 줬다."

⑩가져갔다. → '낚아챘다'가 어울린다.

내 별명은 간범이
고2 김성민

나에겐 고민이 있다. 이 고민은 몇몇 일과 관련이 있다. 그 몇몇 일 중 제일 먼저 일어난 사건은 작년 야자를 마치고 집에 가는 길에서 시작된다.

내가 야자를 마치고 집에 가는 중이었다. 나의 앞쪽에는 같은 교복을 입은 여자애가 있었다. 그 여자와 거리는 가로수 10개 간격 정도였고 나는 걸음이 빨라 두 걸음이면 가로수 하나를 지나고 있었다. 그 여자애가 오산공원의 새로 지은 공중화장실을 지나고 등대콜 아저씨들이 커피를 뽑아먹는 자판기를 막 지나갈 때 나는 공중화장실을 지났다. 나는 그 여자애한테 관심이 없었다. 하지만 그 여자는 5초 간격으로 계속 뒤돌아보았다. 그러더니 간격이 가로수 하나일 때, 그 여자는 또 뒤를 돌아보더니 냉큼 뛰었다. 나는 그때 이해를 못 했다. 며칠 뒤 내가 학원을 마치고 아파트 횡단보도를 건널 때 '일류학원'이라고 쓰인 노란색 봉고가 지나가서 아파트 입구에 멈췄다. 문이 열리고 어떤 여자애가 내렸다. 어? 며칠 전 도망간 애였다. 그 애도 날 봤는지 눈이 커지고 입을 벌렸다. 그러고는 또 뛰었다. '뭐지? 날 보고 튄 건가'라고 생각하며 집에 갔다.

몇 개월 뒤에 시험을 치고 일찍 집에 가고 있었다. 엘리베이터를 타려고 라인에 들어갔는데 신도고 여자애가 있었다. 엘리베이터가 오고 내가 먼저 타서 8층을 눌렀다. 근데 신도고 애는 안 타고 가만히 있었다. 나는 열림 버튼을 누르고 그 여자애한테 눈빛으로 '안 타나?'라고 물었다. 그러자 그 여자애는 옆으로 한 걸음 비키면서 눈빛으로 '안 타, 가라'라고 답했다. 왜 안 탔을까?

집에 와서 다음날 시험공부도 안 하고 세 사건을 생각했다. 도저히 답이 안 나와 친구에게 문자로 '여자애가 날 보고 급뛰더라. 그리고 방금 신도고 여자는 내가 엘베 타니까 안 타고 개기더라, 뭐지 이건?' 하고 보냈다. 그 친구는 바로 답을 보냈다. '나도 그런 일 많았다. 신경 쓰지 마라 ㅋㅋ ㅎㄷㄷ' 나는 당황하여 휴대폰을 놓치고 소파 위로 쓰러졌다. 그리고 소리쳤다. "아! 시바 내가 왜 이딴 놈이랑 같은 일을 겪어야 되는데!" 내가 문자 보낸 친구는 변학도고 얼굴은 조폭같이 생기고 콧수염 면도도 안 하고 덩치도 크다. 학도가 알록달록한 옷을 입고 금목걸이 걸면 바로 지나가던 사람들 피한다. 이런 애랑 내가 같은 일을 겪었다. 그럼 '나=학도'라는 공식이 성립된다. 나는 좌절하여 무릎을 꿇고 머리를 쥐어뜯었다. 삶에 의욕이 없었다. 아, 너무 지나쳤다. 삶에 의욕은 잃지 않고 그냥 멍만 때렸다. 그다음 날 시험은…… 풋! 갈았다.

내가 이 세 사건을 잊고 잘 살고 있었다. 나는 2학년이 되었고 내 친구 학도는 전학을 갔다. 나는 엘베 사건 이후로 그러한 사건이 없어서 여자가 날 보고 도망간다는 사실을 까먹었다. 하지만 어떤 남녀가 다시 가르쳐 주었다. 이제는 남자도 도망간다는 것을 깨닫게 해 주었다. 시바. 그 남녀는 내가 학교 마치고 집에 가는 길 코스의 중간쯤에 있었고 난 후반 쪽에 있었다. 난 똑같이 빨리 걸었고 그 남녀는 천천히 걸었다. 그런데 여자하고 얘기하던 남자애(중2 추정)가 뒤돌아보고 놀라서 여자애한테 무슨 말을 하더니 튀었다. 여자애(중1 추정)는 남자가 튀자마자 뒤를 돌아 나를 보더니 더 빨리 튀었다. 빡쳤다(화났다). 나는 짜증이 나 궁시렁거리며 엘베를 타려고 들어갔는데 ㅋㅋㅋ 그 남녀가 있었다. 그 둘은 날 보자마자 굳었고 말이 없어졌다. 엘베가 오고 난 우리 집 층에서 내렸다. 그 둘은 3층 더 높은 11층이라서 내가 먼저 내렸는데 내가 내리자마자 '닫힘' 버튼을 1초에 20번 정도 누르면서 무서워하는 표정을 지었다.

내가 뭘 잘못했을까? 난 다음 날 친구들한테 하소연했다. 그러니 한 친구가 "닌 강간범같이 생겼다"라고 놀렸다. 충격을 먹었고 그 충격으로 인한 데미지는 아직도 남아 있다. 나는 이제 내 앞쪽에 여자가 있으면 뛰어서 추월한다. 도망

가지 마라고.

내가 도대체 무엇을 했는데 여자와 남자가 도망을 가고 무서워했을까? 내가 정말 강간범같이 생겨서 그럴까? 아니면 우리 아파트에 이상한 소문이 퍼졌나? 풀리지 않는 미스테리한 사건이다.

그런데 친구들한테 하소연한 그날 이후 나는 새로운 별명이 생겨버렸다. 이름은 '간범'이, 성은 '강'씨로. 너무 억울하다. 이걸 보는 사람은 나의 억울함을 풀어주길 바란다. 그럼 '강간범같이 생긴' 나는 ㅂㅂ 때리겠다. (2009. 5. 29)

이 글을 쓴 성민이를 만난 적은 없다. 백일장에서 글만 만났다. 그렇지만 나는 알겠다. 성민이가 동무들 사이에 인기 있는 이야기꾼이란 걸. 이야기를 풀어 가는 본새가 여느 아이들과 사뭇 다르다. 문장력도 뛰어나다. 이 이야기에 지어낸 부분이 살짝 섞였을지도 모른다. 그래도 우리가 실제 일로 믿게 되는 것은 이 글이 가지는 구체성 때문이다. 구체성이란 이런 것이다.

　-그 여자애가 오산공원의 새로 지은 공중화장실을 지나고 등대콜 아저씨들이 커피를 뽑아먹는 자판기를 막 지나갈 때 나는 공중화장실을 지났다.
　-아파트 횡단보도를 건널 때 '일류학원'이라고 쓰인 노란

색 봉고가 지나가서 아파트 입구에 멈췄다.

-친구는 변학도고 얼굴은 조폭같이 생기고 <u>콧수염 면도도</u>
<u>안 하고 덩치도 크다.</u> 학도가 알록달록한 옷을 입고 <u>금목걸</u>
<u>이 걸면</u> 바로 지나가던 사람들 피한다.

더욱이 아래와 같은 문장은 장면을 환히 드러내 보여 주는 좋
은 본보기가 되는 글이다.

엘리베이터를 타려고 라인에 들어갔는데 신도고 여자애가
있었다. 엘리베이터가 오고 내가 먼저 타서 8층을 눌렀다.
근데 신도고 애는 안 타고 가만히 있었다. 나는 열림 버튼
을 누르고 그 여자애한테 눈빛으로 '안 타냐?'라고 물었다.
그러자 그 여자애는 옆으로 한 걸음 비키면서 눈빛으로 '안
타, 가라'라고 답했다.

옥에 티.
"눈이 커지고 입을 벌렸다"는 피동(커지고)+능동(벌렸다)으로
문장이 되어 있다. 한 문장 안에 서술어를 능동과 피동으로 섞
어 써서는 안 된다.
"눈을 크게 뜨고 입을 벌렸다" 또는 "눈이 커지고 입이 벌어졌
다" 이렇게 능동+능동, 피동+피동으로 써야 한다.

스스로 길 열기

"글쓰기가 어떤 건지 조금 보이니?"

《일하는 아이들》을 읽고

중2 임정섭

맨날

나는 천진난만한 티 없는

소년이라고 자부해 왔다.

그러나 이 책은

그런 나의 환상을 깨끗이

깨어 버렸다.

내가 얼마나 거짓되고
울긋불긋 치장한 글을
썼는가를
너무나 확실히
가르쳐 주었다.

글이란 자신이 겪어 보지 않고는
쓸 수 없는 것이다.
이런 진리가 이 책 속에
숨어 있었다.

학교의 글짓기 선수들이여
이 책을 보고
반성해 보자. (1983)

시 끝에 시를 쓴 연도를 밝혀 두었다. 1983년. 까마득한 옛날
이다. 어쩌자고 요즈음 사람들한테 35년이나 지난 글을 들고
이야기하려는가. 글에 대한 인식, 글을 쓰는 태도가 아직도 바

꿰지 않고 있기 때문이다.

이 글을 쓴 임정섭 학생은 아주 반듯한 모범생이다. 선생의 뜻을 먼저 알아채고 제 뜻을 거기 맞출 줄도 안다. 그래서 오히려 걱정스러웠다. 야생의 맛, 날것의 맛을 잃어버리기 쉽기 때문이다.

이 시도 내가 늘 말하는 글쓰기 정신 한 가닥을 잡아 썼다. 역시!

그런데 한 학년을 마칠 즈음 아이들은 나하고 공부한 글쓰기에 대해 글을 많이 써내었다. 정섭이가 나를 기쁘게 하려고 쓴 것은 아니구나 싶었다. 다만 남 먼저 썼다는 것이 다를 뿐.

내일을 위해
중2 주성진

우리들은 정말 큰 과업을 완수했습니다.
시의 정의를 바로 알았고
개인문집을 만들었다는 것입니다.
(줄임)
시란
책을 펴내기 위해서

또 남의 칭찬을 받기 위해서
쓰는 것이 아닙니다.
(줄임)
시를 지은 만큼
인간답게
정말로 참주인답게
살아가야 합니다.
(줄임)
우리 세상의 영원함을 위해서
자만하지 말고
더욱더 날카로운
그러한 시를 씁시다. (1983)

시의 밀알
중2 김원태

하나의 밀알이
태산같이 모이듯
시 한 줄이
시인의 길을 잡아주고

이 일이 뒷받침 되어
명시가 나올 경우
개구리가 올챙이 시절 모르고
날뛰듯이 하지 말고
진실한 시를 쓰자 (1983)

국어 선생님 말씀
중2 배상태

국어 선생님은
내가 제일 존경하는 분이다.

전에는 내가 선생님의 말씀을
감명 깊게 들었기 때문에 존경했다.

그러나 요즘은
선생님께서 이상한 말씀을 하신다.
"시는 마음에서 우러나야지
다른 거짓으로 꾸미면 안 된다."
늘 입버릇처럼 말씀하시던 선생님께서

책을 펴내기 위에 좋은 시를 쓰라고 하신다.
역시 사람이란
감정을 억제할 수 없는 것 같다.
전국에 출판되는 책이라고
선생님께서 너무 들뜨신 것 같다.
진정한 시는 책이 출판되지 않더라도
자기 자신의 마음속에 조용히 자리 잡고 있는 것이다.
(1983)

아이들은 때로 선생의 말을 옮기다시피 해 놓고 자기 시라고
한다. 이것을 두고 베낀 글이라고 해서는 안 될 것 같다. 아이
는 선생의 말을 귀담아듣고 그것을 자기 뜻으로 삼았을 것이
다. 이렇게 해서 한 사람의 사상이 여물어 가는 것이 아닐까.
위 세 아이는 내 이야기를 같은 교실에서 들었을 터인데 기억
은 다 다르다. 내 말을 자기 나름대로 소화해서 제 이야기로 만
들었구나!

주성진- 더욱 날카로운 시를 씁시다.
김원태- 진실한 시를 쓰자.
배상태- 책 낸다고 선생님이 들떠서 '좋은 시'를 강요한다. 시

는 마음에서 우러나는 것이다.

이런 글을 쓴 친구들, 벌써 나이 쉰이 되었겠다. 뒤늦은 지금에
야 생각한다.

'정작 이 아이들이 글쓰기의 길을 가리키고 있었구나.'

2

마음 열고 다가가기

식 구   이 야 기

시작이 반

"써 놓고 보면 자기 글을 사랑하게 될걸"

3월 중순부터 우리 반은 아침 자습 시간에 한 사람씩 돌아가며 '아침을 여는 말씀'을 해 왔다. 처음에는 중학교 때 겪은 일을 이야기하더니, 한 아이가 요즈음 집안이 돈 때문에 얼마나 절박한지 이야기하여 반응이 뜨거워지자 그 뒤부터는 주로 집안 이야기가 이어진다. 아버지의 실직, 어머니의 병, 형의 가출, 어려운 살림살이, 부모님 사이가 안 좋은 사정, 어떨 때는 첫 시간 수업 선생님께 10, 20분쯤 시간을 빌리기도 했다.

5월 둘째 주, 우리도 드디어 본격적인 글쓰기를 해 보기로 했다. 본격적 글쓰기란, 글을 쓴 뒤 모둠으로 나뉘어 읽고 이야기

나눈 뒤, 그 의견을 반영하여 글을 고쳐서 작품 하나를 완성하는 일이다. 이 과정을 '합평'이라고 한다. 합평을 할 때는 다음과 같은 이야기를 나누도록 한다.

①우선 칭찬할 곳 찾기. 꼭 찾아라. 서로들 글 쓸 힘을 얻게 될 것이다.

②느낌 말하기

③잘 이해가 되지 않는 부분 묻고 답하기

④고쳤으면 싶은 부분 이야기하기

⑤잘못된 문장 가려내기

⑥문단 나누기가 안 된 부분 찾아보기

참, 합평을 하려고 남의 글을 읽을 때는 그 글을 귀하게 여기는 마음을 담아 읽되,

①글의 어느 부분이 내 마음을 울리는가? 마음의 울림이 없다면 그 까닭이 무엇일까?

②글은 주로 자기가 보고 듣고 겪은 일을 쓰게 되는데, 그때의 사정, 형편, 모습이 잘 드러났는가.

③그 일에 대한 느낌과 생각이 잘 드러났는가, 또 그 느낌이나 생각에 공감할 수 있는가.

④무슨 이야기인지 이해가 안 되는 부분은 없는가.

⑤어디서 많이 본 글을 흉내 내고 있지 않은가.

ⓖ겉멋만 잔뜩 부리려고 하지 않았는가.

ⓗ관념만으로 쓰지 않았는가.

ⓘ우리 말법에 맞는가.

같은 것을 생각해 보는 것이다

물론 위의 잣대를 모두 갖다 대라고 하지는 않는다. 말하자면 글을 볼 때 생각해 볼 것을 다 모아 보면 이런 것들이 있다는 말이다.

첫 글감은 '집안 식구 가운데 한 사람'으로 했다. 사람을 처음 사귈 때 주로 무슨 이야기부터 하는가? 자기 동생이나 형 이야기부터 시작해서 식구들 이야기를 주로 한다. 자기를 에둘러 드러내는 방법이기도 하고 여러 사람한테 자기 마음을 여는 방편이기도 하다. 글쓰기가 우리 삶을 가꾸는 일이라면 무엇보다 먼저 귀하게 생각할 일은 마음 열기이다. 게다가 식구들은 관심을 조금만 가져도 대상을 아주 잘 알 수 있고, 그래서 쓰기도 쉽다.

나온 작품은 주로 시이다. 길게 쓰기가 버거웠겠지.

시를 일일이 타자하고 감상을 한마디씩 달아 파일을 만들었다. 컴퓨터를 끄니 바깥이 이미 훤히 밝아 있다. 마음이 따뜻해진다. 살 것 같다. 조례 때 말했다.

"……그런데 왜 오늘 이렇게 기분 좋아졌는지 알아? 너희들 시를 읽었거든. 그걸 읽고 한 자 한 자 컴퓨터에 입력을 했어. 밤을 꼬박 새웠지. 그러니까 기분이 싸악 좋아지데. 시는 여러분이 내게 보내는 에너지야. 고맙다.

참 그리고, 너희들 쓴 시, 잡지 같은 데 공개해도 돼? 안 되는 사람은 말해 줘. 없어? 진명이 괜찮아? 그래 됐어. 재진이도 괜찮다 했고."

"선생님, 전부 다 인쇄했어요?"

"아니, 좋은 것만. 시가 잘 써질 때도 있고, 안 그럴 때도 있거든. 이번에 안 실렸으면 다음엔 실릴 거야."

"아, 그럼 내 시는 꽝이겠네." 임호재의 말.

"그래, 이번에 호재 것 별로던데……. 강민규, 공개해도 돼?"

"내 꺼요? 아…… 예."

"그런데 안 실렸어."

"정현이는?"

정현이는 바로 고개를 끄덕인다.

"아니, 정현이 것도 안 실렸다고."

아이들이 마구 웃는다. 이렇게 장난을 치다가 교실을 나왔다.

식구들 이야기를 써 보자고 했는데 상준이는 혼자 다른 글감으로 글을 썼다. 왜 식구들 이야기를 안 썼느냐니까 글감을 정해 준 줄 몰랐단다. 내가 설명할 때 안 들었단 말이다. 마음대로

썼는데 군더더기 하나 없이 깔끔한데다가 제 마음을 살짝 드러
내 보였다.

공업화학 시험
고2 한상준

공업화학 시험 종이를 받았다.
학번 마킹부터 한다.
앞이 캄캄하다

내가 제일 먼저 찍고 엎드렸다.
생각했다.
기말 때 잘 해야지.
중1 때부터 이 생각했다. (2005)

다음 날 조례 시간, 다른 이야기 안 하고 이 시를 읽어 주었다.
마지막 행, '중1 때부터 이 생각했다'에서 빵 터졌다.
"우아, 마지막 말, 그거. 공감 팍 오네."
"옛날부터 이런 다짐 안 해 본 사람 있겠나. 나도 이 생각 열두

번도 더 했어."

그런데 우리가 이렇게 웃으며 좋아하는 까닭은 무엇일까? 그렇지 공감 때문이지. '나도 그래 하는 마음. 공감!'

하나 더, 이 시에는 공감 말고 또 다른 힘이 있다. 그게 뭘까?

자, 보자. 글 쓴 상준이는 자기 잘난 것을 드러냈나, 못난 것을 드러냈나?

그래 자기 못난 일, 부끄러움을 드러냈지.

어떤 사람이 자기 부끄러움을 솔직히 드러내면 읽는 이는 즐거워해. 이건 나쁜 마음이 아니고 자연스러운 일이지. 솔직함의 힘!

망가져라. 그러면 얻을 것이오,

잘난 체해라. 그러면 외면당할 것이다!

조례를 마치며 A4 용지에 인쇄해 온 '공업화학 시험'을 교실 유리창에 붙였다. 테이프를 손가락 두 마디쯤 잘라서 대강 붙여 놓으니 약한 바람결에도 펄럭거린다. 첫째 시간 수업 마치고 나와 자리에 막 앉는데 상준이가 헐레벌떡 다가왔다.

"샘, 테이프 좀 빌리 주이소."

"뭐 하게?"

"아, 종이를 붙일라마 단디 좀 붙여 주던지…… 그냥 한 군데만 붙여서 바람만 불면 펄렁거리고…… 매매 좀 붙이라고예."

점심시간에 교실에 올라가 보니 그 시를 유리테이프로 빈틈없이 발라서 아예 코팅을 해 놓았다. 녀석, 나한테 낼 때는 공책 한 장 북 찢어 반듯하지도 않은 종이에 괴발개발 그려 내놓더니…….

종례 시간, 아이들 시를 인쇄해서 교실 뒤 사물함 문에 줄느런히 붙였다. 아이들이 관심을 가지는 듯하다. 그런데 이렇게 시를 붙여 놓자 기분이 더 상한 아이가 있다. 우종호. 오늘 아침 시간에도 글 한 편씩 써내라고 말했다. 그래도 안 되는 아이가 있다. 나와 마주 앉아 함께 이야기하며 생각을 정리해 보자고 해도 잘 안 된다. 이런 아이가 더 있는지도 모른다. 내가 지금 한두 아이 좋은 글을 건지는 데 욕심을 내고 있지는 않은가? 왜 글쓰기를 하는가를 다시 생각할 일이다. 내가 이 아이들 삶을 속까지 깊숙이 들여다보지 못하고 있으니 글쓰기에 깊이가 없다. 더구나 몇 아이들은 매우 싫어한다. "난 못 써요. 글만 적으면 머리가 아파요."
종호는 온몸으로 거부한다.

정말 싫다./ 국어 시간에 글과 시를 쓰는 것이/ 정말 싫다./ 글과 시를 적으면 마음이 답답해진다./ 정말 싫다./ 국어 선생님도 정말 싫다./ 산문과 시를 적으라고 할 때/ 정말 싫

다./ 정말 싫다./ 시를 적자고 하면/ 난 잠이 온다./ 국어 시
간이 정말 싫다.

정말 종호는 이런 마음인 모양이다. 얘는 다른 수업 시간에도
늘 잔다. 우락부락한 성격이지만 아주 순박한 아이인데……
우리 둘은 서로 믿고 좋아하는 사이인데…… 그렇지만 글쓰기
는 고역인 모양이다. 이 글도 3분 만에 쓰고는 엎드려 버렸다.
하는 수 없지만 이런 아이들이 있을지도 모르겠다. 글 욕심내
지 말자.

대사 붙잡기

"말은 그 사람이기도 하니까"

글 욕심을 아니 낼 수 없다. 아이들 글이 봄날 새잎 나듯 여기 저기 피어난다. 한 잎도 시들지 않도록 잘 보살펴야 한다. 쓸 때 또 쓰도록 부추겨야 한다. 한 편 쓰고 끝내 버리면 시심은 금방 사그라진다. 식구들 이야기는 누구나 다 할 말이 있는 모양이다. 글쓰기에 쉽게 다가서게 하는 열쇠는 글감에 있다는 것을 다시 생각한다.

"뭘 쓸 때 첫마디에 뭘 쓸까, 그게 참 어렵지? 어려울 것 없어. 일단 하고 싶은 말부터 내질러 버려. 억울하고 분할 때 앞뒤 재가며 말하나? 그냥 팍 터져 나오잖아. 욕이 튀어나오든, 절교를 선언하든, 돌아서 버리든. 그렇게 내뱉는 거야. 그래놓고 나중에 순서를 바꾸면 되지.

그리고 아버지면 아버지 누나면 누나, 그 사람의 성격을 잘 드러내야 글이 되잖아. 그 사람 성격이 어디에서 가장 잘 드러날까? 그렇지, 그 사람이 하는 말이지. 그러니까 그 사람의 말과 말투를 그대로 살리는 일이 중요해. 써 놓고는 소리 내어 읽어 봐. 그 사람이 한 말이 옳게 드러났는지, 말투가 잘 살아났는지 알 수 있거든."

아버지

고2 김태환

침대에 누워 잠이 들려 한다.

방에 아버지가 들어온다.

옆에 누웠다.

"아들아 자냐?"

"네……"

잠시 침묵이 흐른다.

"태환아 아빠가 어렵냐?"

"아니요……"

기어들어가는 내 목소리가 들린다.

아빠는 내 머리를 팔베개한다.

술 냄새가 난다. (2005)

그림이 그려지는 시다. 장면이 동영상처럼 떠오른다. 평소엔
거의 말을 하지 않는 아버지다. 술을 한잔하고 온 날, 오히려
아버지가 용기를 내어 아들 곁에 다가가 본다. 어쩌면 아빠가
아들이 어렵지 않았을까. 부자의 정이 따뜻하게 느껴지는 뛰어
난 글이다.

아빠

고1 김태환

고된 몸을 웅크린 채 술에 취해 자고 있다.
앨범을 보다가 아빠의 젊은 시절 사진을 봤다.
아빠를 보니 눈물이 나온다. (2004. 5)

김태환은 아버지 생각을 많이 하는구나. 처음 쓴 시가 바로 이
시였는데 2학년 때도 아버지 이야기를 써내었지. 1학년 때 작
품이 오히려 낫다. 젊은 시절 아버지 모습에서 힘과 정열을 느
꼈겠지. 그런 아버지였는데 지금은 몸을 웅크린 채 술 취해 자
고 있다. 아들은 아버지를 객관의 자리에서 보려고 하지만 회
한이 왜 없으랴. 읽는 나도 눈물이 나는데. 올 아버지가 사무치
게 그리운데……

아버지

고2 장진명

우리집은 가게를 한다

요즘 불경기라 장사도 잘 안 되고

하지만 아버지는 가게 좀 보시고 그냥 집에 있다.

나는 아버지를 볼 때마다 가슴이 답답하다

나라면 그냥 있지는 않을 텐데……

너무 답답하다.

나는 아버지와 얼굴을 마주쳤을 때 약간 찡그리게 된다.

아버지도 알고 계신 눈치다. (2005)

가게? 아이들 머리띠, 반버선, 싸구려 화장품 등속을 파는 가게. 다 팔아야 10만 원이나 될까. 그런 가게에 부부가 매달려 있을 필요 없지만 아버지가 일자리가 없으니 가게에서 얼쩡거릴 수밖에. 진명이는 이런 아버지가 한심한 모양이다. 어쩌나, 어린 마음에 아버지가 마냥 무능해 보이겠지. 나도 어릴 때 아버지의 무능이 한심했다. 늘 집에서 책만 보는 아버지, 돈 벌러 갈 일이 없던 아버지, 아버지가 늘 왜소해 보였다. 마지막 행. 아버지도 알고 계신 눈치라는 말에 그 아비의 아픈 마음이 읽힌다. 나도 아프다.

점포 청소
중2 장효진

조그마한 점포라도
며칠 청소하니 꾀가 생긴다.
보이는 곳만 반짝반짝.
아버지 꾸중하시네
"이곳은 너희 밥그릇이야
너희가 편히 공부할 때 나는 여기서
쎄가 빠지도록 일을 한다.
이 세상에 편히 돈 버는 일은 없다." (1983)

*쎄: 혀

아버지 말씀이 그대로 시가 되었다.
열심히 일하며 살아온 어른들 말씀에 공감하면서도 우리는 그 말씀을 쉽게 잊고 산다. 갓 말 튄 순수한 어린애한테 듣는 경이로운 시 구절도 잊기는 마찬가지다. 상대방의 말을 귀담아듣고 메모하는 태도야말로 시인의 모습이다.

흰 봉투

고1 오대명

방학이다.

알바를 했다

처음 받아 본 흰 봉투

흰 봉투 속에는 27만 원이 들어 있다.

아버지에게 봉투를 내밀었다.

만 원 주시면서 흰 봉투를 가져가신다.

……. (2004. 9. 9)

이 글을 쓴 대명이는 '착한 학생'의 본보기였다. 언제나 웃음을 머금은 얼굴에 교복을 깨끗이 차려입고 선생님의 명을 기다리는 듯한 자세. 너무 착해서 걱정인 아이.

이상하다 싶어 두 번을 읽었다. 어떻게 아버지가 이럴 수 있나. 아들이 한 달을 고생해서 번 돈을 아이에게는 만 원만 주고 나머지 돈은 가지고 갔다. 어찌 애비가 이렇게 무정한가. 아들은 '착한 학생'답게 아무 말이 없다. 마지막 행의 말줄임표가 그야말로 많은 이야기를 담고 있다.

그러나 이것은 내가 모르고 한 소리. 집안 사정이 얼마나 절박했으면 애비가 이럴 수밖에 없었을까.

착잡한 오후

고1 박주한

동생이 숙제를 한다.

어제 배운 걸 또 못 한다.

답답한 마음에

아버지가 불같이 화를 내며

어린 동생을 때린다.

동생이 아파 우는 모습이 보인다.

나는 무의식적으로

"아버지 이제 그만 하소"

순간 내 옆으로 날아오는 30Cm 자

"뭐라고? 다시 한 번 말해봐라."

"어린애한테 심한 것 아닙니까.

왜 무조건 때리는 걸로만

해결하려고 합니까."

하고 집을 나서는

내 눈에 눈물이 고인다. (2004. 9. 9)

착잡한 오후? 정말 착잡했겠다. 가정방문 갔을 때 애 어머니가 말했지. 자기 집안사람들은 독실한 기독교 신자로서 사랑 가득한 신앙생활을 하고 있다고. 아버지는 교회 장로님이라고 묻지도 않은 말을 하기도 했다. 평소 평화롭고 화목하던 집에 불화가 생겼다. 이 원인은 성적 안 좋은 아이 때문일까? 아이한테 화가 난 아버지 때문일까?

아버지

고2 신정훈

아버지가 베란다에서 담배를 피신다.

"아버지, 담배는 몸에 좋지도 않고 몸만 상하게 해요.

아들을 위해서 이제 그만 피시죠."

아버지가 맥빠진 소리로 말씀하신다.

"괘안타. 내 신경 쓰지 말고 방에 가서 공부나 하거라."

나는 말없이 방으로 들어갔다.

조금 뒤 나의 방으로 들어오시는 아버지

"아들아! 7월 달에 담뱃값 오를 때 정말로 끊을게." (2005)

정훈이는 우리 반 반장이다. 당선되고, "우리 반 머슴으로 일
하겠습니다" 하더니 정말 머슴도 상머슴같이 일한다. 남 눈치
볼 줄 모르고 약지도 못하다. 약아빠진 놈들이 제 이득 다 챙길
때도 묵묵히 제 일 해 나가는 사람. 그 모습 참 아름답다.
그런데 시 쓰는 일은 뜻대로 잘 안 되는 모양이다. 이 시도 몇
번 고쳐서 만든 것이다. 그래도 나는 정훈이한테 정성 다해 말
해 주고 싶다.

"정훈아 시가 잘 안 써지는 일, 그거야 정말 '괘안타.' 니 살아
가는 모습이 이미 시보다 아름다운데!"

고스톱 칠 때

고2 이진욱

아버지가 넷마블 고스톱을 하신다.
잘 안 되는지 담배를 피우시며
욕을 하신다. 담배 연기는 방 안에 가득 퍼졌다.

"아빠 담배 피우지 말지."
"알았다."
재떨이에 담배를 끄신다.

20분쯤 지났나.

내 방 쪽을 봤다.
아버지가 또 담배를 피신다.
"하~~"
나는
한숨을 쉬었다. (2005)

진욱이네 집, 부자가 외로이 산다. 직장이 없는 아버지, 평소에 말없이 웃거나 한숨으로만 답하는 진욱이. 그래서 진욱이를 더욱 사랑해야지. 짐짓 진욱이를 다시 불렀다.

"2연 3행에 말이야, '터신다'고? 그때 아버지가 알았다 하시며 담배를 터셨어? 끄셨어? 잘 생각해 봐. *끄셨다고?* 그럼 고쳐. 그리고…… 이제 아버지 담배 끊으셨어? 그래, 얼마나 끊기 힘들다고. 난 아직 끊을 생각도 못 해. 아버지 좀 봐 드려라."

아이와 정을 붙이고 싶어 별 쓸데없는 말도 자꾸 하게 된다. 이맘때 청년들은 아버지 이야기를 많이 한다. 어릴 때 무섭고 밉던 아버지를 이해하게 되고, 남자로서 동질감을 느끼는 듯하다.

어머니 흰머리를 뽑아 드리며

중2 정홍주

어쩌다가 어머니께서 날 보고

흰머리를 뽑아 달라고 한다.

하나 뽑는데 십 원을 준다고 하신다.

그러나 나는 하나 뽑는데

백만 원 천만 원을 준다 해도 기쁘지 않다.

어머니께서는 까만 머리가 우리 식구들을 위해

흰머리로 변한다면 좋아할 것이다.

그러나 나는 싫다.

어머니와 오래오래 살고 싶다.

왠지 슬픈 마음이 든다.

흰머리를 뽑다가 이를 죽여 드리면

시원하다고 하신다. (1983)

홍주를 근 30년 만에 만났다. 안경 너머 차분한 눈빛, 듬성해진
머리칼, 중년의 무게가 느껴진다. 찻집에 앉자 홍주는 쇼핑백
을 탁자 위로 올린다. 난 하마터면 '뭘 이런 걸, 관두지 마시지'
할 뻔했다. 홍주가 꺼낸 것은 〈글쓰기 공책〉이었다. 우리가 아

침 자습시간이나 5교시 자유시간에 하던 글쓰기 공부. 그 아이들 모습이 떠올라 잠시 코끝이 아팠다.

거기에는 조태일 문병란 신동엽 고은 이동순 같은 분들의 시를 베껴 쓰고 그 감상을 적기도 했고, 통일을 주제로 잡아 쓴 줄글도 많다. 나이 오십이 다 되어 가는 대기업 부장은 골프 약속을 되도록 피한다. 어머니한테 한 번이라도 더 오고 싶기 때문이란다. 중학교 때도 그렇게 효성스럽더니 아버지를 갑자기 여읜 뒤부터는 어머니에게 바치는 시간이 더 많아졌단다. "효도는 돈으로 안 됩디다. 몸으로 해야 되거든예."

여기 내보인 시가 큰 울림을 주지 않는다. 홍주는 시를 잘 쓰는 것이 아니라 그 시에 담긴 내용처럼 삶을 그렇게 살고 있다. 이것이 더 아름다운 일 아닌가. 우리는 시를 잘 쓰기 위해서 글쓰기 공부를 하는 것이 아니라 제대로 살기 위해 공부한다. 그렇다면 홍주의 삶은 얼마나 아름다운 시인가!

엄마

고2 김상윤

엄마랑 같이 버스를 타고 나갔다.
자리가 없다.
자리가 하나 생기자 엄마가 얼른
뛰어가 앉아 버린다.
쪽팔린다.

집에 오는 길.
문득 이런 생각이 든다.
엄마가 집에서 편히 앉아 있는 시간은 얼마나 될까? (2005)

버스나 전철 안에서 상윤이 엄마 같은 분을 많이 본다. 자리가
생기면 염치 불구하고 먼저 가 앉는 사람들. 상윤이는 그런 엄
마가 창피하다. 아이들은 다 그렇게 생각할 것이다. 나도 어릴
때는 이런 엄마가 창피했다. 그러나 상윤이는 더 깊이 생각할
줄 안다. 엄마가 얼마나 피곤한지, 그 감당해야 할 일을 떠올린
다. 나보다 한 수 위구나.

세월

고2 정현우

힘든 일 마치고 엄마가
갑자기 흰머리 좀 뽑아 달랜다.
별로 없겠지.

앞머리만 조금 있던 흰머리……
뒷머리도 넘겨보았다.
눈에 보일 정도로 많이 보였다.

도저히 뽑을 수 있는 숫자가 아니다.
내 방에 들어가 잠시 하던 게임 중단하고
흰머리에 관해 찾아본다. (2005)

엄마의 흰머리가 걱정이 되자 곧바로 컴퓨터에서 흰머리를 검
색해 보는 요즘 아이의 모습! 걱정도 자료를 바탕으로 하는 모
양이다. 무엇이든지 컴퓨터로 검색하여 해결하는 요즘 아이들
은 큰 뇌를 하나 더 가지고 있는 셈이다. 그만큼 감수성은 무뎌
지고.

잔업하는 엄마
고3 문승현

"엄마 왔다."

"다녀오셨어요."

"무슨 잔업을 그렇게나 오래 하노."

엄마는 녹산공단에서 날마다 밤 10시까지 일을 하신다.

용광로에서 나온 주물들을 식힌 다음 그걸 옮기는 일이다.

엄마는 하루가 다르게 몸에 피멍과 멍들이 늘어난다.

그렇게 엄마가 한 달 일해서 버는 돈은 고작 60만 원.

아빠는 엄마의 그런 모습을 안타까워하며

당장 그만 두라고 버럭 화를 낸다.

그래도 엄마는 날마다 잔업을 하고 늦게 돌아온다. (2006. 9)

늦은 밤 곤한 몸 이끌고 돌아와 인사하는 소리 생생하다. 세 식구. 단출하다. 어지간하면 끼니 걱정 안 하고 살 식구다. 아버지는 작은 공장에서 일하는데, 젊은 엄마는 집에서 놀면 뭐하느냐며 공장에 나간다고 한다. 잔업까지 해야 월급 60만 원. 선생들 보충수업 강의료는 50분에 2만5천 원. 월급은 월급대로 받으면서.

담배

고2 예지희

어느 날

아버지께서 말씀하셨다.

"요즘엔 하도 바빠서

담배 한 대 필 시간도 없이 일만 한단다."

나는 난생 처음 생각했다.

아버지께서

담배를 피우셨으면 좋겠다고. (2012. 10)

언제부터인가 담배 피는 사람을 죄인 취급하는 세상에 우리는 살고 있다. 간접흡연 피해를 주기 때문에 끽연자는 아무 말도 못 한다. 그런데 예지는 아버지가 담배 한 대 필 여유는 있었으면 좋겠다고 생각한다. 아버지 위하는 마음이 절실하고도 간절하다.

예지는 아버지의 말씀 한마디를 시로 붙잡았다. 글은 아주 작은 곳에 그 씨앗이 숨어 있다.

단식투쟁

고1 성완재

엄마와 말다툼을 했다.

반항을 하고 싶은 생각이 자꾸 들었다.

그때! '단식'이라는 말이 떠올랐다.

그래 함 해보자.

다음 날 학교 마치고 집에 들어갔다.

"밥 먹어라."

그래. 해보는 거야!

"안 먹어."

"먹지 마라."

헉! 이런……

배를 쫄딱 굶으면서 하루가 지났다.

다음날 아침도 안 먹고 나갔다.

이쯤이면 됐겠지…… 캬 누가 이기나 해보자.

학교서 아침 라면으로 때우고 점심까지 먹고

학교 마치고 친구 집 들렀다가 집에 들어갔다.

집에 들어가니까 완전 맛있는 거로 밥상에 도배를 했다.

갈비, 고추튀김, 된장, 불고기……

아~ 밥 무야 하나……

아니다 싸나이가 존심이 있지. 끝까지 가보자고!

아빠가 "완재야. 씻고 밥 먹어라." 하셨다.

"밥 생각 없어요" 하고 내 방으로 들어왔다.

마침 내 방에 먹다 남은 초코 후레이크를 먹으면서 있었다.

……

갈비, 불고기 냄새가 진동한다.

죽겠다.

미치겠다!.

배고파 쓰러지겠다……

아~ 안 돼…… 아씨!! 왜 먹으라는 소리 안 하노.

아~ 씨박. 디지겠네. 함 있어보자.

10분이 지나고

20분이 지나고

설거지 소리만 날 뿐

밥 먹으라는 말이 없다.

아 불고기랑 고추튀김이 내 눈앞에 아른거린다.

싸나이 오늘 한 번 양보한다?

이제 도저히 못 참겠다.

싸나이 오늘 한 번 양보한다 ㅡㅡ ;;

이런 음식의 유혹에 GG를 쳤다.

"엄마~ 밥 줘"

"니가 먹어라. 줄 때도 안 먹은 기!"

헉…… 역습이닷!

압박인가? (2004. 11. 18)

키 190이 넘는 아이 완재. 키가 너무 커서 여학생 얼굴을 잘 못 본다는 완재. 그러나 킷값을 집어던지고 160 조금 넘는 형우와 친해지자 형우만큼 말이 많아졌다. 아니다, 다정다감해졌다. 그래서 그랬나, 엄마 아버지 앞에서는 어린애처럼 투정을 부리기도 하는구나. 하지만 부모님은 이미 완재 마음을 다 알고 있다. 그런데 완재가 전의를 잃고 "엄마~ 밥 줘" 했을 때, 어머니가 "그래, 많이 배고프지. 우리 완재 주려고 갈비는 아버지도 안 드리고 그대로 두었지" 하셨다면 이 시의 마지막 행은 이렇게 바뀌었을지 모른다.

"헉…… 항복이다."

동생이 뭐길래

고2 이재진

며칠째 동생이 집에 들어오지 않는다.
한 통의 문자. "오빠야 내 찾지 마라"
친구 폰으로 번호 없이 보냈다.

다음날 어머니는 학교에 불려 가시고
화가 단단히 난 나는 동생을 찾으러 다녔다.
"이 년 걸리면 죽인다."
결국 찾지 못하고 집으로 돌아오고

"정화가 힘든가 보다.
나중에 잘못을 알고 들어오겠지.
재진아, 술 한잔하자."
술을 사러 가시는 아버지.

다음날 저녁 어머니가 누군가를 데려오는데
동생이었다.
한 대 콱 차주고 싶었지만
핼쑥해 보이는 얼굴 헝클어진 머리

차마 나는 때리지 못하고
물부터 한 잔 주었다. (2005. 5)

재진이 동생은 나도 봤다. 가정방문 갔을 때 남자처럼 웃던 애.
내가 과자라도 사 먹으라며 돈 만 원을 주자 허허허 웃으며 받
던 아이. 참 순하겠다 싶었는데 말 못 할 고민이 있었나 보다.
아무 말 없이 기다리는 아버지 모습이 돋보인다.
동생을 생각하는 재진이 마음이 이 글을 시가 되게 했다.
그저께 부산 문화패 연합 사람들 앞에서 강연을 하며 이 시를
읽어 주었다. 그때도 마지막 부분 "물부터 한 잔 주었다" 이 말
에 목이 메었다.

누나

고2 김보형

어제 누나가 왔다.

대학 가고 두 달 만이다.

항상 같이 살았는데도 어색했다.

내가 먼저 말을 걸었다.

그러자 언제나처럼

싸가지 없는 대답.

그제서야 실감이 났다.

아, 오랜만이구나.

차마 반갑다는 말은 하지 못하고

괜한 시비만 걸었다. (2005. 5)

남매가 서로 반가우면서도 반갑단 말을 못 하고 그냥 퉁명스레 농담 같은 시비를 걸고 있는 모습. 그 속에 은근한 반가움과 남매간의 정이 묻어 있다. 누나에게 먼저 말을 걸었을 때 누나는 늘 하던 대로 퉁명스럽게 대답했겠지. 그때 보형이는 누나가 제 곁으로 왔다는 사실을 실감한다. 동생의 인정을 푸근히 느낄 수 있는 작품이다.

버스 안에서
고2 장진명

형 휴가 나와서 큰집에 인사하러 반송에 갔다.
형과 나는 맨 뒷자리에 앉았다.
형은 피곤한지 내 어깨에 기대어 잔다.
기분이 이상하다.
평소와는 전혀 달랐다.
'이 버스가 오래 오래 갔으면……'
잠든 형 얼굴을 보니 마음이 뭉클하다.
나는 그 자세로 1시간 30분을 가만히 있었다. (2005)

진명이 집은 주례에 있고 반송까지 가려면 버스 타는 시간
만 꼬박 한 시간 반쯤 걸린다. 그 한 시간 반을 진명이는 형
이 깰까 어깨를 꼼짝하지 않고 앉아 있다. 맞다. 진명이는 능
히 그럴 친구다. 말이 쉽지 한 시간 삼십 분을 꼼짝 않고 앉
아 있을 사람 잘 없다. 형은 잠을 깨어서는 미안해할 것이다.
그러면 진명이는 더 미안해할 사람이다. 형제 우애가 아직도
이렇게 아름답다.

우리 형

고3 백세민

3년 전 여름 초에 입대를 앞두고 맨날 술만 퍼먹어댔던 우리 형

3일 동안 집에도 안 들어오고 연락도 안 돼서 경찰서에 실종신고 하려고 했는데

폰 잃어버리고 차비도 없어서 친구 집에서 지냈다던 우리 형

군대 가기 싫다고 입대 전날까지 술 완전 취해서 입영시간까지 늦을 뻔했던 우리 형

훈련 끝나고 자대 배치 받았는데 전방 수색대에 배치 받았다고 죽고 싶다고 했던 우리 형

선임병한테 하이바로 맞고 워커로 정강이 찍히고 대가리 박고 연병장 20바퀴 돌았다고 죽고 싶다고 해서 불쌍한 우리 엄마 한 달 꼬박 잠도 못 자고 밥도 제대로 못 먹게 했던 우리 형

하도 맞다 열 받아서 선임병 때려서 영창 가려다가 운 좋게 안 갔던 우리 형

제대하고 나면 공부도 열심히 하고 술도 끊고 일도 해서 부모님 호강 시키겠다던 우리 형

제대하자마자 폰 사달라고 졸라댔던 우리 형

폰 사주니까 옷 사달라고 졸라댔던 우리 형

옷 사주니까 차 사달라고 졸라대다 엄마한테 졸라게 맞은
우리 형

친구들은 사업도 하고 번듯한 직장도 있는데 집에 돈이 없어
서 아무것도 못 한다고 하루살이 인생을 살아가는 우리 형

맨날 술 마시고 들어와서 꿀물 타라, 라면 끓여라, 컴퓨터
켜라, 알바 끝내고 돌아와 곤히 자는 날 깨워 심부름 시키는
개념 없는 우리 형

군대 갔다 와서 호강 시켜준다는 게 이런 거였냐고 술 안 마
시면 잔소리하는 우리 아버지

그 소리 듣기 싫어 내 교복 주머니에 있는 천 원짜리 몇 장
들고 나가 피시방 가는 우리 형

다음날 버스 타려고 주머니 뒤졌는데 돈 없어서 난감했던
나

이렇게 사고뭉치에다 개념 없고 철이 덜 들었지만

형 친구들과 술자리에 갔다가 놀라운 말을 들었다.

형이 나를 참 좋아한다고,

자랑스러워한다고……

형이 표현을 못해서 그렇지 날 무지 아낀다고 형 친구들이
그랬다.

형을 싫어했던 내 모습이 부끄러워졌다.

집으로 돌아오는 길 술이 떡이 된 형을 부축한다고 진땀 뺐
다.

형 꿀물도 그날만큼은 내가 스스로 타다 줬다.

이젠 나도 형한테 잘 해야겠다고 생각했고

형 또한 변화될 거라고 생각했지만

술 깨고 나니 여전히 똑같은 우리 형

하지만 난 그런 우리 형이 싫지만 좋다. (2006)

이 글은 교내 백일장에서 발견한 작품이다. 그 뒤 이 글을 시
쓰기 할 때, 글쓰기 교육 강연할 때 보기글로 읽어 주곤 했는데
가장 인기가 많았다. 그냥 우습기만 한 글이 아니라 웃음 뒤에
짠한 감동이 가슴에 와 닿았기 때문일 것이다. '잘 써야지' '폼
나게 써야지' 하고 용을 쓰기보다 농담처럼 힘 빼고 툭 던지듯
이, 담담하고 솔직하게 쓴 글이 오히려 가슴을 울릴 때가 많다.
이 글이 그랬다.

이모부와 이모
중3 최철호

이모부와 이모가 우리 집에 오시면
이모부는 아버지에게 "형님 우리 한잔 합시다"고 말한다.
그러면 옆에 있던 이모는 "당신 또 술 드실라고요"
아버지는 "내 속이 안 좋아서 술 안 하네" 하면
이모부는 "딱 한 잔만 하자"고 말한다.
이모부는 아버지를 슬슬 꼬신다.
아버지는 술을 너무 많이 마셔서 술주정을 하기 시작한다.
술주정을 하면서도 이모부와 술을 마신다.
나는 아버지가 촛뱅이가 아닌가 생각한다. (1984)

*촛뱅이: 술을 많이 마시는 사람

장면이 환히 떠오른다.
우습고도 따뜻하다.

아버지를 만날 때

고3 김정근

아버지와 나는 밖에서 만날 때마다 양지탕을 시켜 먹곤 한다. 양지탕을 한 술 두 술 떠먹다 보면 금세 그릇이 비워진다. 하지만 배가 부르기보다는 아쉬운 마음이 든다. 식사가 끝나면 다시 아버지와 헤어져야 하기 때문이다. 아버지와 헤어져야 된다니 그게 무슨 소리냐 할 것이다.

사실 한 지붕 아래에 살고 있어야 할 우리 부자는 4년 전부터인가 서로 떨어져 지내고 있다. 아버지가 막 집을 나갈 당시에는 난 그 영문을 도통 이해하지 못했다. 아버지와 어머니는 자주 싸우셨고 난 그저 그런 모습이 보기 싫어, 따로 살아도 되겠냐는 두 분의 물음에 고개만 끄덕였을 뿐이었다. 아버지가 짐을 싸 나가신 뒤에 집안은 좀 진정되는 듯싶었지만 얼마 가지 않아 남은 가족들끼리마저도 서로 못 죽여서 안달이 난 사람들처럼 티격태격했다.

그런 와중에 아버지에게서 전화 한 통이 왔고 몇 마디 말을 나눌 수 있었다. 전형적인 안부만 물었던 것 같은데 무슨 말을 했었는지 정확히 기억이 나지 않는다. 하지만 그 뒤로 한 달에 한 번씩은 아버지에게서 전화가 왔고 그때마다 바깥에서 만나 점심도 먹고 얘기를 나누기도 한다. 점심은 매번 양지탕이라는 국밥을 시켜 먹는데 밥을 먹으면서 웬만해서는 서로 말을 꺼내지 않는다. 묵묵히 그릇만 비워갈 뿐이다. 그런 분위기를 깨기에 아버지와 나는 워낙 말수가 적기 때문에 혼자 속으론 이런 말 저런 말을 먼저 꺼내 보려고 고민을 하지만 막상 입 밖으론 나오지 않는다.

지난번에 뵈었을 때는 대학 진학 문제로 얘기를 많이 나눴는데 물론 이전보다 상대적인 양이었다. 집에선 대학에 가지 않겠다는 말에 화부터 먼저 내시던 어머니를 먼저 감당했기에 아버지께 말씀드리는 것도 그렇게 겁나지 않을 것이라고 생각했다. 그런데 막상 아버지와 마주 앉아 말하려고 하니 말문이 막혔다. 속으로 계속 되뇌었다.

'아빠. 저…… 올해는 대학에 못 갈 것 같아요.'

언제나 그렇듯 식사가 끝날 때까지는 말을 하지 못했다. 밖으로 나와 공원으로 가자고 하시는 아버지를 다시 따라나섰다. 자판기 커피를 뽑아 벤치에 앉아 그때부터 아버지는 말씀을 하시기 시작했다. 그리고 차분하게 물어 오시는 아버지께 나도 용기를 내서 말을 했다.

그랬더니 화를 내실 줄 알았던 아버지는 오히려 나를 다독여 주셨다.

순간 울컥하고 눈물이 쏟아질 뻔한 걸 억지로 참아내느라 이를 꼭 깨물었다. 종이컵을 만지작거리며 있다가 아버지와 나는 그렇게 또 헤어지려 했다. 아버지가 지갑을 열어 용돈 십만 원 쥐어 주시며 말씀하셨다.

"지난번에 니 생일이었는데 미안하다."

참았던 눈물이 찔끔 나오는 것을 아버지가 보셨을지 모르겠다. (2004. 10. 30)

이런 글을 읽으며 표현력이 뛰어나다느니 글쓴이의 감정이 매우 섬세하다느니 하고 말하는 것은 글쓴이에 대한 예의가 아닐 것이다. 그러나 읽은 이들은 아버지와 아들의 말 없는 모습을 영화로 보는 듯이 머릿속에 떠올리게 될 것이다. 이런 문장 만나기 쉽지 않다는 말, 아니 할 수 없다.

"지난번에 니 생일이었는데 미안하다." 직접 인용문은 이 문장 단 하나뿐이다. 그러나 우리는 부자간의 많은 대화를 들은 듯이 두 사람 마음을 다 알 수 있다. 행동 묘사만으로도 인물의 심리와 분위기를 연상하게 하는 귀한 글이다.

이 글은 내가 가르친 교실에서 나온 글이 아니다. 양운고 한글날 기념 백일장에서 만난 글이다. 백일장을 열기 전에 한 시간 동안 모든 교실에 '글쓰기 안내 방송'을 하기는 했다. 이게 조금은 도움이 되었을지도 모른다. 누구의 지도를 받고 안 받고, 글쓰기에 소질이 있고 없고가 중요한 것이 아니라, 글 쓰는 이의 마음이 절실하면 글은 저절로 나온다고 나는 믿는다.

3

감수성 키우기

이웃 이야기

교육부가 정해 놓은 교육과정을 따르다 보면 1년 내내 교과서만 들고 허덕거려도 시간이 모자란다. 나는 일찌감치 교육과정을 무시했다. 그렇지만 학기 말이 다가오면 슬며시 겁이 난다. 내가 이거 바로 하고 있나. 그러나 아무리 생각해도 교육부 시킨 대로 했다가는 교실만 망가지고 교사와 학생은 원수가 되고 말 것이 뻔하다. 나는 용기를 내어 다시 일기를 쓴다.

"그래도 우리는 시를 쓸 것이다. 벼는 벼끼리 놀아라. 피는 피끼리 어깨 걸고 덩더꿍 춤출란다. 우리끼리 눈물 그렁그렁 우리 세상을 노래할 거다. 너희들이 새하얀 손가락 우아하게 서

류 넘기며 쌓아 올릴 성공의 탑. 너희들이나 경배해라. 우리는 땅을 파고 짐을 지고 그물을 던져서 우리 세상을 살아갈 거다."

이렇게 써 두고는 무엇을 어떻게 실천할까 생각해 본다. 우리 아이들이 따뜻한 마음으로 사람과 사물을 살필 줄 아는 감수성을 키우자. 감수성도 길러지는 것이니 여러 방법으로 훈련하고 배우면 훨씬 풍부해질 것이다.

다음 날, 평소보다 무게를 잡고 목소리를 한껏 깔아 이야기한다. 우선 칠판에다 이렇게 쓴다.

'감수성. 공감 능력. 역지사지. 타인에 대한 상상력'

"이게 무슨 말이야? 어렵지. 그럼 이 말은 어때?"

'남 사정 살필 줄 아는 마음'

"그렇지, 친구 사정 잘 이해하는 마음이야. 우리 반에도 남을 잘 이해해 주는 친구가 있는가 하면 남 사정 하나도 생각 안 하고 제 좋을 대로만 행동하는 사람 있지? 잘 이해하는 사람을 가리켜 타인에 대한 상상력이 풍부하다, 공감 능력이 뛰어나다, 풍부한 감수성을 지녔다고들 하지. 그런데 이 감수성, 공감 능력은 타고나는 것이 아니래. 훈련을 하면 길러지는 힘이란 거야. 그래서 감수성 훈련이란 말도 있어. 내가 여러분의 감수성을 단 한 번에 팍팍 키워 줄게."

마음의 눈으로 오래 머물기

"남이 보지 못한 것을 볼 줄 아는 이가 시인이다"

생선 장수 아주머니

고2 김명수

집으로 가는 길

해가 지고 어둑어둑해져 간다.

늘 다니던 시장터 옆 작은 골목

변함없이 골목 들머리 모퉁이에 자리 잡고 있는

생선 장수 아주머니.

늦은 저녁인지 파리가 날아다니는

생선 대가리 옆에는

양푼에 한가득 비빈 밥이 있다.

흰머리가 희끗희끗 보이는 파마머리에

키가 조그마한 아주머니가

주름투성이 투박한 손에 낡은 칼을 들고

생선 대가리를 쳐댄다.

한참을 바삐 손질한 생선 두 마리 봉투에 싸

손님에게 건네주고는

돈 받아

생선 비늘과 내장이 말라붙은

앞치마 주머니에 구겨 넣는다.

그리고는 다시 양푼을 손에 들고

파리를 쳐내며

허겁지겁 밥을 먹기 시작한다.

골목을 지나다니는 사람들을

무심히 바라보며. (2005. 7)

1. 자세히 보는 눈은 글쓰기의 바탕

참 자세히도 봤다. 생선전 앞에 대놓고 붙어 서서 지켜볼 수는 없었을 것이고, 어쩌면 그 전 앞을 몇 번이나 오락가락했을지 모르겠다. 그냥 겉모습만 살핀 것이 아니다. 그 눈길에 애잔한 아픔이 담겨 있다. 마음의 눈으로 대상의 속을 느끼고 있구나. 시 첫머리에 ①전을 펼친 곳과 ②때가 나온다. 그리고 ③아주 머니(주인공) 모습. 여기에 ④인물의 움직임(행동, 사건)이 더해 진다. 이야기의 틀에 딱 들어맞는다. 명수는 이런 계획을 하고 쓰지는 않았을 것이다. 살핀 것을 자세히 옮기고 보니 절로 아 귀가 맞아 들었을 것.

나는 명수가 이렇게 구체로 자세히 쓸 줄 몰랐다. 한 가지를 표 현해도 대강 어물쩍 넘기지 않는 그의 돋보이는 표현을 다른 아이들도 본받았으면 좋겠다. 그렇게 하려면 무심하고 예사로 보는 눈과 절실한 마음으로 자세히 보는 눈의 차이를 명백히 밝혀 주어야 한다. 모든 공부가 그렇듯이 이렇게 좋은 공부거 리가 나왔을 때 바싹 고삐를 당겨 물가로 가야 한다. 가서 물을 먹도록 해야 한다.

명수가 아주머니에 대해 아무 감정도 없이 그냥 예사로 봤으면 이렇게 말했겠지.

(1) "집에 가는 길에 시장이 있단 말이야. 그 옆 골목에 전을 펴 고 있는 생선 장수 아주머니가 있어. (밥을 먹다가) 손님이 오자 밥 밀어 두고 생선을 손질해. 손질 다한 생선을 손님에게 건네

고 돈을 받아 넣고 다시 밥을 먹기 시작하네. 지나다니는 사람들 이래 바라봄시로…… 끝."

그런데 이 시는 똑같은 장면을 어떻게 보았나, 이야기로 풀어 보면 이렇다.

(2) "집에 가는 길이었는데 그때는 이미 해가 지고 어둑어둑했어. 내가 늘 다니는 시장터 옆 작은 골목, 그 들머리 한 모퉁이에 오늘도 변함없이 생선 장수 아주머니가 자리 잡고 있데. 내가 왜 '가게 아주머니'라 안 하고 '장수 아주머니'라 한 줄 알아? 번듯한 가게를 차리지 못하고 난전에 앉아 장사하기 때문에 '생선 장수 아주머니'라 한 겨. 곁에는 양푼에 한가득 밥을 비벼 두었는데 그 너머에 생선 대가리 몇 널려 있고 파리들이 맴돌고 있네. 아하, 방금 늦은 저녁밥을 먹을 참이었는데 손님이 왔구나. 키가 조그마하고 머리가 희끗희끗한 아주머니는 주름투성이 투박한 손에 잘 들 까 싶지도 않은 낡은 칼로 생선 대가리를 따고 이리저리 갈무리를 해. 한참을 바쁘게 손질한 생선 두 마리를 봉투에 싸서 손님에게 건네주고는 돈을 받았어. 그 돈을 딴 데도 아닌 앞치마 주머니에 넣는데, 돈을 헤아려 보고 가지런히 잘 챙겨 넣지도 않고 그냥 구겨 넣어. 그런데 말이야, 그 주머니 곁에는 생선 내장과 비늘들이 말라붙어 있었어.

그건 아주머니의 삶을 다 말해 주는 듯했지. (나는 여기서 김명수 시인의 따뜻한 눈길을 가슴 깊이 느낄 수 있었어. 아무나 남의 앞치마에 붙어 있는 비늘을 볼 수 있는 게 아니거든.) 그리고는 아주머니가 먹다 만 밥을 먹는데, 한 손은 양푼을 들고 또 한 손은 연방 달려드는 파리를 쫓아내며 허겁지겁 먹기 시작하더라. 눈길은 아직 손님을 기다리고 있더냐고? 아니야 하루를 마감하는 시간, 아주머니 눈길은 무심했어."

사물이나 장면을 보는 눈에 따라, 몇 마디 하고 나면 더 이상할 말이 없을 때도 있고 할 말이 무궁무진할 수도 있다. 그래서 '자세히 보는 눈'은 글쓰기의 바탕이 된다고 한다. 눈만 좋아서 자세히 볼 수 있는 것이 아니다. 마음의 눈으로 볼 수 있어야 한다. 마음의 눈은 어떻게 열리나? 나무를 보면 자기가 나무가 된 듯 상상해 보고 노숙자를 보면 자기가 노숙자가 된 듯이 노숙자의 마음으로 세상을 바라보려고 애쓰다 보면 조금씩 조금씩 열린다고 하는데…… 나도 아직 잘 모른다.

2. 나는 이 시를 읽으면 〈이삭 줍는 여인들〉이 떠오른다.

지금 읽어도 떠오르는 건 '이삭 줍는 여인'이다. 왜 그럴까 생각하니 '생선 비늘과 내장이 말라붙은 앞치마 주머니' 때문이다. 그림을 확대해 두고 다시 본다. 이삭 줍는 여인들 어깨 너머 저 아래 들판에는 추수가 한창인데, 밀을 털고 있는 모양이다. 거기는 빛이 환하다. 추수하는 사람들 마음처럼. 밀레가 눈여겨보고 있는 이삭 줍는 여인이 선 곳은 어둡다. 그림자도 끼어 있고 옷 색깔도 어둡다. 밀레를 흠모했다는 고흐 그림 〈감자 먹는 사람들〉도 떠오른다. 〈감자 먹는 사람들〉에서 눈여겨 살필 곳은 사람들의 손이라고 한다. 일하는 사람들의 당당한 손. 그러나 허기를 달랠 음식은 감자뿐이다. 이 세 작품이 서로 통한다. ①모두 가난한 사람의 삶을 드러내고 있다는 것, ②그들은 성실히 일하며 살아가고 있다는 것, ③고단하고 서럽게 이승을 살아내고 있을지 모르나 절망하거나 나약하지 않다는 것. '감자……'와 '생선 장수 아주머니'에서는 오히려 당당한 힘이 전해 온다는 것. 이런 공통점을 찾아내면서 명수가 나와 함께 공부한 학생인 것이 자랑스러웠다. 그러나 생각이 달라 도저히 내가 가리고 뽑은 작품을 용납하지 않으려는 사람들이 있다. 놀랍게도 밀레, 고흐 역시 살아생전에는 잘 나가는 그림 선수들이 못 되었다. 밀레(1814~1875)와 동시대 시인 보들레르(1821~1867)는 밀레를 아주 혹독하게 비난했다고 한다. 예술 작품이 '아름답고 고귀한 무엇'을 표현하지 못하고 이토록 비참하고 가치 없는 것을 소재로 삼았느냐고. 이런 생각의 대립은 인간이 넘지 못할 벽인지 모른다. 나는 평생 이 벽들에

마주쳐서 절망하더라도 그 너머의 생각을 용납할 마음은 털끝 만큼도 없다

3. 어떻게 해서 이 시가 나왔는가?

"오늘 우리 시나 한 편 써 볼까?"

이런 제안이 아이들한테서 거부당하지 않으려면 적어도 한 학기 이상은 자나 깨나 글쓰기를 해야 한다. 안 되면 이야기 마당을 열어서 아이들이 자기 삶의 한 부분을 이야기하게 해야 한다. 글쓰기만이 살 길이야. '글쓰기 글쓰기 글쓰기'를 입에 달고 산 뒤에야 먹힐 말. 그래 봐야 일주일에 한 번 돌아오는 시간이지만, 이렇게 해서라도 내 스스로가 신명이 나야 한다. 내 신명이 사그라지면 만사가 허사 된다.

시 한 편만 써 오라는 숙제를 냈다. 어떤 시를?

"오늘 안으로 한 사람을 정해라. 어떤 사람? 자기가 쓸 시의 글감이 될 사람! 식구는 많이 써 보았으니 이웃 가운데 한 사람을 잡아라. 그 사람과 인사를 나누는 사이도 좋지만 여러분만 마음속으로 생각해 두어도 된다. 버스 정류장 옆 붕어빵 장사, 날마다 가는 떡볶이집 아주머니, 마을버스 기사, 다리가 없어 땅바닥을 기어 다니며 구걸하는 걸인, 학교에서 마주치는 일하는 아저씨들, 선생은 빼라, 재미없다. 욕만 나올 테니까. 한 사람

을 글감으로 정했으면 그 사람을 잘 살펴라. 무슨 일을 어떻게 하는지, 인상은 어떠하며 행동 특징은? 그걸 지켜보는 여러분 마음은 어떤지 일주일 동안 잘 살핀 뒤에 시를 한 편씩 써 오는 거다."

"쎄엠! 진짜로 써 와야 함까?"

"걍 말로 하믄 안 됨까?"

"좋다. 꼭 글로 안 써 와도 된다. 그냥 그 사람에 대해 이야기를 해도 좋다. 되도록 일하는 사람의 모습을 잡으면 좋겠다. 내가 옛날에 중학교 있을 때도 이런 숙제를 내 보았는데 좋은 글이 많이 나오더라. 아이들이 고른 사람은 똥 푸는 아저씨부터 군고구마 할아버지, 시장통에서 장사하는 아저씨들, 냉동 공장에서 생선 대가리 따는 사람들, 잡화 파는 다리 없는 분들, 온갖 우리 이웃들이 다 드러나더라. 그 가운데 우리를 감동 시킨 시 한 편!"

배추 장사

중3 박병영

배추를 산더미처럼 쌓아 놓고
배가 출출하면

무시 하나 칼로 깎아 베어 먹고

바람 불어 추우면 털목도리

더 높이 세우고 움츠리며

손님 오길 기다리는 저 아주머니.

어쩌다 손님이 오면

배추 하나 꺼내 칼로 반 쭉 갈라

얼마나 싱싱하고 좋으냐고 말한다.

바람 불어 빨개진 코, 빨개진 볼.

떨리는 손으로 돈 받아 돈주머니에 넣고

다시 손을

돈주머니 밑 따스한 곳에 넣는다.

입김으로 한 번 불었다가

손을 한번 비볐다가

또 손님이 오면 배추 싱싱한 걸 꺼내

반으로 뚝 쪼개어

다시 연설한다.

봉래동 시장 담벼락 밑에 앉아

배추 파는 저 아주머니.

배추 많이 팔리길

나는 빌 뿐이다. (1984)

"시장통에서 채소 파는 사람을 보지 못한 이는 없을 것입니다. 그런데 다들 그냥 스쳐 지나간 그 장면을 이 아이는 얼마나 자세히 보고 있습니까. 아마 배추 장사 곁에서 한참 그 모습을 지켜본 듯합니다. 그냥 호기심이나 재미로 바라본 게 아니라 안쓰러운 마음으로 사랑을 담아 살펴보고 있습니다. 이런 마음이 우리가 살아가는 세상을 따뜻하게 하는 바탕이 됩니다. 아름다운 관계 속에서 살아가게 하지요. 우리가 글쓰기를 하는 것도 이 때문입니다."

제법 숙연한 분위기가 되어 내 얘기를 들어 주는 아이들에게 나도 높임말을 쓰고 있었다. 이어서 말했다.

"이 시는 지금부터 20년 전, 내가 새파란 형님 시절, 교생 선생 비슷할 때, 수업 시간에 나온 글입니다. 여러분은 태어나기 전이죠. 그때 자그마하던 중3 학생이 겨울날 시장통에서 배추 장수를 찬찬히 살핀 것입니다. 그리고 그것을 시로 표현한 겁니다. 좀 꼼꼼히 읽어 봅시다.

> 떨리는 손으로 돈 받아 돈주머니에 넣고
> 다시 손을
> 돈주머니 밑 따스한 곳에 넣는다.
> 입김으로 한 번 불었다가
> 손을 한번 비볐다가

손이 시려 동동거리는 모습을 아주 잘 그려 내었지요. 이를 두고 사람들은 문장력이 좋다, 표현력이 뛰어나다고들 합니다. 아닙니다. 문장에 무슨 비유가 있는 것도 아니고, 다만 그 사람의 몸짓을 아주 자세히 있는 대로 썼을 뿐입니다. 사랑을 담아 살피는 '마음의 눈'이 남달랐다 할 수 있겠지요. 이게 시를 쓰는 힘 아닐까요?

　봉래동 시장 담벼락 밑에 앉아/ 배추 파는 저 아주머니

이 말이 얼마나 자세하게 실제 모습을 드러냈는지 이 말이 나온 과정을 살피면 저절로 알게 됩니다.

〔바탕〕 아주머니
→ 저 아주머니
→ 배추 파는 저 아주머니
→ 시장에서 배추 파는 저 아주머니
→ 시장 담벼락 밑에서 배추 파는 저 아주머니
→ 시장 담벼락 밑에 앉아 배추 파는 저 아주머니
→ 봉래동 시장 담벼락 밑에 앉아 배추 파는 저 아주머니

우리가 무슨 말을 할 때 위와 같은 과정을 의식하며 말하지는

않습니다. 말하는 이(글쓴이)의 관심이 어디까지 가닿아 있는 가에 따라 구체성(사실성)의 정도가 달라질 뿐이죠. 다시 말하면 대상을 얼마나 사랑하는가에 따라 표현이 달라진다는 것. 그래서 표현력은 기교와 기술에 달린 것이 아니라 대상에 대한 사랑이 얼마나 깊은가에 달렸다는 것. 이 말 잊지 마세요."

표현력≠기교, 기술
표현력=대상에 대한 사랑의 깊이

4. 명수야, 우리 좀 가난해도 괜찮아

'생선 장수 아주머니'를 쓴 명수는 우리 반 아이가 아니었다. 그래서 명수 집에 가 보거나 명수와 털어놓고 세상살이를 이야기해 본 적은 없다. 그러나 수업 시간이나 다른 시간에 잠시 서로의 마음을 전하는 눈빛이 마주칠 때면 굳이 이야기를 안해도 마음을 나눈 듯했다. 그 일을 글로 써 둔 게 있어 여기 붙인다.

오늘은 수업 시간에 있었던 일 하나 이야기하지요. 화공과 어느 반 수업이었습니다.
'나는 무엇을 하며 어떻게 살 것인가' 하는 것을 주제로 발표하는 시간에 명수는 이런 말을 했습니다.

"나는 평범하게 살기를 바랍니다. 막노동을 해서라도 식구들과 행복하게 살고 싶습니다. 거창하게 무엇이 되겠다는 생각은 없습니다. 잘나가는 사람이 되기는 싫다는 말입니다."

아이들이 이해가 안 된다는 듯 마구 물었습니다.

"행복하게 살려면 돈이 필요한데 막노동을 해서 돈을 많이 벌 수 있나."

"나는 돈이 많아야 꼭 행복해진다고 생각하지 않습니다."

"니는 그럴지 몰라도 아내가 좋아하겠나?"

"돈 많은 것을 좋아하지 않는 여자를 만나면 됩니다."

"아이가 아파서 병원에도 못 가면 어떻게 할래?"

"고치려고 노력은 하겠지만 돈이 너무 많이 들어 고치지 못하면 그것도 아이의 운명이라 생각하고 죽게 두는 수밖에 없지 않겠습니까."

아이들은 마구 웃어요. 턱도 없는 소리 좀 하지 마라, 이런 뜻이겠지요. 그러나 나는 아주 도를 많이 닦은 스님의 설법을 듣는 듯하였습니다.

"이런 명수가 어째 그저께 나한테 돈 2만 원씩 모아서 4만 원하는 게임기를 사자고 했습니까. 말이 잘 맞지 않네요."

한 친구가 이렇게 명수를 공격했습니다. 명수는 덤덤한 소리로,

"지금 내가 모은 돈은 만 원뿐입니다. 그 계획은 취소합시다."

아이들은 다시 배를 잡고 웃었습니다.

'그래 그렇지. 돈 모아 게임기를 사고 싶은 마음도 있겠지. 그것 역시 자연스러운 일이지.'

수업을 마치고 나오며 명수를 한번 안아 주었습니다. 아이들은 그런 우리 모습에 또 웃었습니다. 그러나 나는 명수와 동지가 된 기분이었지요.

'명수야, 우리 좀 가난해도 괜찮아. 꿋꿋하고 당당하게 살자!'

5. 이 시에 고칠 곳은 없는가, 꼼꼼히 살펴보자.

①4행 "골목 들머리"는 본래 "골목 입구"였는데, 내가 보고 바로 고치게 했다.

②마지막 두 행을 빼 보니 아주머니 모습이 아주 선명하고 인상 깊게 남는다.

"파리를 쳐내며/ 허겁지겁 밥을 먹기 시작한다"로 끝내 보라. 허겁지겁 숟가락질을 하는 아주머니 모습이 우리 가슴에 연방 움직이는 듯이 와서 박히지 않는가. 그렇다면 시를 여기서 끊는 게 좋지 않을까. 그러나 명수가 더 깊이 느낀 것이 아주머니의 무심한 눈길이었다면 물론 그대로 두어야 하겠지만.

③이 시는 쓰기 전에 보기글로 보여 준 시 '배추 장사'와 너무 닮았다. 이건 표절 아닌가? 나는 아니라고 생각한다. 시의 구조는 많이 닮았다. 하지만 대상과 속살은 아주 다르다. 이를 두고 표절이라 한다면 현대시조는 옛시조의 표절 아닌가? 그리고 또 한 가지. '모든 창조는 모방에서 시작된다.' 표절의 두려움 때문에 제 말을 마음 놓고 못 하는 것이 더 문제다.

관심과 사랑이 가 있는 자리

"몸 가는 데 마음 간다"

깡깡이 하는 아줌마

중3 조완철

지난 일요일 나는 아버지와 함께 ①조선소에 간 일이 있었다. 마치는 시간이 되기 전에 갔기 때문에 기다려야 했다. 나는 다리 하나 없는 의자에 앉아서 깡깡이 하는 모습을 보았다. 머리는 모자를 쓰고 테 있는 데까지 수건으로 둘러서 쇳가루가 눈에 들어오지 못하도록 하였고, 신발은 운동화나 장화를 신었으며 옷은 몸빼를 입고 위에는 다 떨어져가는 잠바를 입었는데 잠바 안에 다른 옷을 더 입은 것 같았다. 얼굴은 검게 ②그을려져 있고 그 위에 쇳가루가 범벅이 되어 있었다.

일하는 사람들의 장소는 다양했다. 높은 곳에 매달려 위험하기 짝이 없이 망치를 뚜드려서 녹과 오래된 페인트를 ③베끼는 사람, 깡깡이질을 다 한 곳에 매달려 페인트칠을 하는 사람, 배 밑에서 굴껍데기를 따내는 사람 등.

마치는 시간을 알리는 종이 울리자 사람들은 가지고 있던 연장을 배 어딘가에 놓는 듯 한참을 배 안에서 머뭇거리다 사다리를 타고 내려온 다음 허술한 탈의실에서 옷을 갈아입기는 했으나 일할 때의 옷과 마찬가지였다.

나는 아버지를 따라 아줌마들이 일했던 곳으로 갔다. 거기에는 지독한 냄새가 나고 있었기에 나는 들어서자마자 코를 움켜잡았다. 굴껍데기 썩은 냄새, 고기 썩은 냄새, 거기다 기름 냄새까지 뒤범벅이 된 냄새가 풍기고 있었다. 아줌마들이 앉아서 서로 눈을 보고 혀로 핥아 대는 것을 보고 처음에는 우스웠으나 가까이 가서 보니 눈에 들어간 쇳가루를 핥아 내고 있는 것이었다. 눈에서는 눈물이 흐르고 얼굴은 찡그려져 있고 앞에 앉은 아줌마는 계속 혀로 핥다가 다시 눈썹을 까 보고는 할머니 다 나왔다고 하면서 침을 뱉는다. 그렇게 하고 있는 것은 그 아줌마들뿐만이 아니었다. 다른 여러 곳에서도 그렇게 하고 있었다. 나는 한동안 그 모습들을 바라보고 있다가 아버지의 목소리를 듣고 다시 나왔다. 그곳에는 일을 한 아줌마들과 아저씨 한 분이 공책을 들고 무엇인가를 적고 있었다. 가까이 가서 보니 일을 한 시간과 일을 한 배 이름, 일을 한 위치 등을 적고 있었다. 일을 한 시간에 따라, 일을 한 장소에 따라 지급 받는 돈이 다르기 때문이다.

이 아줌마들의 대부분은 과부이거나 가장이 집에서 놀고 있는 것이라는 이야기를 우리 집에 자주 오시는 아줌마들에게 들은 적이 있다.

고된 일을 마치고 돌아가는 아줌마들의 발걸음은 무겁기만 해 보였다. 그러나 다른 사람에게서 돈을 빌려서 쓰기 않겠다는 꿋꿋한 의지를 엿볼 수 있었다. (1984)

*깡깡이: 배의 철판에 슨 녹이나 페인트를 망치 같은 것으로 두드려 벗겨 내는 일. 조선소에서 흔히 볼 수 있다.

이 글은 1983년 부산 영도 들머리 남항동에 있었던 대양중학교 2학년 학생이 썼다. 지금부터 36년 전. 까마득한 옛날이긴 하다. 요즘은 이런 일을 하려는 사람이 없어 볼 수 없는 풍경이 되어 버렸지만 그때는 이곳 남항동 근처에 가면 깡깡이 하는 소리가 종일 들렸다.

글쓴이는 대상을 아주 자세히 보았다. 사람들이 입은 옷, 무장한 모습, 일하는 모습, 그곳 냄새, 그리고 가장 소중한 장면, 아줌마들이 서로 눈을 까뒤집어 혀로 핥아 대는 모습까지. 읽는 이들은 바로 이 부분에 와서 읽기를 잠깐 멈추게 될 것이다. 이 진기한 모습이 오히려 우리를 숙연하게 하기 때문이다. 이 글은 여기에 와서 아무도 흉내 낼 수 없는 귀한 가치를 얻게 된다.

어느 작가가 깡깡이 하는 장면을 쓴 글이 있는데 잠깐 보자.

깡깡이 일은 대부분 아주머니들이 했다. 전쟁 통에 남편을 잃거나 다양한 사정으로 젊은 나이에 홀로 되어 여자 혼자 자식들을 길러야 하는 상황에서 깡깡이 일은 고되지만 거의 유일하게 잡을 수 있는 지푸라기였다. 그녀들은 작은 깡깡이망치 하나 들고 매일 새벽마다 거친 바닷바람을 맞으며 배 위에 올라 쇠를 때려서 아이들을 키웠다. 그녀들에게 깡깡이망치는 척박하고 거친 삶을 일구는 거의 유일한 무기였던 셈이다. 아시바에서 떨어져 누워 있을 때도, 매일매일 귀를 때리는 깡깡 소리에 청력을 잃어도, 망치질할 때마다 튀는 녹과 페인트 부스러기에 얼굴 피부가 상해도 그만둘 수 없는 일이었다.《깡깡이 마을 100년의 울림·역사》에서 이야기 길이 다르기는 하지만, 나는 이 글보다 조완철 학생이 쓴 글이 훨씬 낫다고 본다. 실제로 견주어 보자. 작가는 깡깡이 하는 모습을 이렇게 썼다.

　그녀들은 작은 깡깡이망치 하나 들고 매일 새벽마다 거친 바닷바람을 맞으며 배 위에 올라 쇠를 때려서 아이들을 키웠다.

일하는 모습을 자세히 살피지 않으면 이런 엉터리 글이 나온다.
①깡깡이 일은 새벽부터 하지 않는다. 깡깡이 소리는 꼭 우리가 수업을 시작하는 시간에 맞추어 들려오곤 했으니까.

②"배 위에 올라 쇠를 때"린다고 했는데 이건 깡깡이에 대해 아주 모르는 사람 말이다. 더욱이 이 말은 그림이 그려지지 않는다. 깡깡이질이 무엇을 어떻게 하는지 이 글로는 도무지 알 수 없다.
더욱이 깡깡이 하는 아줌마 이야기를 하면서 눈에 들어간 쇳가루를 닦아 내느라 '서로의 눈을 혀로 핥아 대는 모습'을 빠뜨리면 그 글은 죽은 글이 된다. 그냥 쇳가루를 닦아 주고 있더라고 막연히 말해서도 안 된다. 깡깡이 하는 아줌마들의 절실한 삶

을 담아낼 마음이 없는 글이 되기 때문이다. 그리고 그 소리도 빠뜨릴 수 없다. 망치로 배의 철판을 두드릴 때 나는 소리가 깡깡깡깡 요란하기 짝이 없다. 거기 일하는 사람들은 눈에 들어오는 쇳가루를 가장 겁내지마는 헝겊 조각으로 틀어막은 귓구멍을 파고드는 깡깡이 소리가 더욱 고통스러웠을 것이다. 그때 귀를 막는 데 무엇을 썼는지 확인해 보지 못했지만 그 일을 하던 많은 아줌마들은 가는귀가 먹을 정도였다니!

아이 글에서 소리 이야기가 안 나오는 것은, 마치는 시간이 다 되어 정리하고 있을 때였기 때문일 것이다.

이 글을 읽기 전에 나는 깡깡이를 몰랐다. 소리가 시끄러워도 배 수리하는 중에 예사로 나는 소리거니 하고 지나쳤다. 이 글은 내가 모르는 그곳 일을 환히 알도록 밝혀 주었고, 짧은 글 속에도 해야 할 말은 하나도 빠뜨리지 않고 자세히 들어 놓았다. 중학생이 쓴 글 가운데 리얼리즘이 이토록 절실하게 드러난 글은 없을 것이다.

글쓴이가 대상을 얼마나 따뜻한 마음으로 자세히 살폈는가. 그 눈길을 따라가 보자. 아주 귀한 태도를 우리는 배우게 될 것이다.

(1)허술한 탈의실에서 옷을 갈아입기는 했으나 일할 때의 옷과 마찬가지였다.

노동자들이 옷을 갈아입고 나왔다. 좀 달라진 입음새를 볼 줄 알았는데 일할 때 입었던 옷과 마찬가지라고 했다. 글쓴이 마음이 전해지지 않는가?

(2)굴껍데기 썩은 냄새, 고기 썩은 냄새, 거기다 기름 냄새까지 뒤범벅이 된 냄새가 풍기고 있었다.
그냥 악취가 풍기고 있어 머리가 아플 정도라고 건성 말하지 않았다. 굴껍데기 썩은 내, 고기 썩은 내에 기름 냄새…….

(3)아줌마들이 앉아서 서로 눈을 혀로 핥아대는 것을 보고 처음에는 우스웠으나 가까이 가서 보니 눈에 들어간 쇳가루를 핥아 내고 있는 것이었다. 눈에서는 눈물이 흐르고 얼굴은 찡그려져 있고 앞에 앉은 아줌마는 계속 혀로 핥다가 다시 눈꺼풀을 까 보고는 할머니 다 나왔다고 하면서 침을 뱉는다. 그렇게 하고 있는 것은 그 아줌마들뿐만이 아니었다. 다른 여러 곳에서도 그렇게 하고 있었다.
아주머니들의 삶이 얼마나 절실한지, 너무 절실하여 말문이 닫힌다. 이 위에 어떤 말을 더 보탤 것인가. 그저 먹먹한 가슴 안고 침묵할밖에. 글쓴이의 마음도 이랬을 것이다. 그렇지 않고는 이런 글이 나올 수 없다.

(4)그곳에는 일을 한 아줌마들과 아저씨 한 분이 공책을 들고 무엇인가를 적고 있었다. 가까이 가서 보니 일을 한 시간과 일을 한 ④배 이름, 일을 한 위치 등을 적고 있었다. 일을 한 시간에 따라, 일을 한 ⑤장소에 따라 ⑥지급 받는 돈이 다르기 때문이다.

"아저씨 한 분이 공책을 들고 무엇인가를 적고 있었다"로 시작해서 무엇을 왜 적었는지 바탕과 까닭까지 자세히 밝혔다. 이 것이 리얼리즘이다.

본 것을 자세히 쓰는 일은 이처럼 독자를 위한 친절일까? 대상에 대한 사랑일까? 어느 하나를 택할 문제는 아니다 싶지만 이 글은 대상에 대한 사랑이 더욱 절실하구나, 싶다.

(5)이 ⑦아줌마들의 대부분은 과부이거나 가장이 집에서 ⑧ 놀고 있는 것이라는 이야기를 우리 집에 자주 오시는 아줌마들에게 들은 적이 있다.

아줌마들이 대부분 과부이거나 가장이 밥벌이를 못하는 형편을 말했다. 하지만 이 말은 자기 짐작으로 하는 말이 아니다. 아줌마들에게 들은 적이 있는 것을 근거로 해서 말한다. 함부로 비웃듯이 하찮은 듯 말하지 않는 태도가 볼수록 고맙다.

(6)발걸음은 무겁기만 해 보였다. 그러나 다른 사람에게서 돈

을 빌려서 쓰기 않겠다는 꿋꿋한 의지를 엿볼 수 있었다.

고된 일 마치고 돌아가는 아줌마의 겉모습은 발걸음이 무겁다. 그러나 그 속엔 남한테 돈 빌리는 인생을 살지 않겠다는 의지가 배어 있다. 리얼리스트인 글쓴이가 놓칠 리 없다.

다음은 고칠 부분을 살펴보자. 이 글 속에 고칠 낱말이 많다. 그렇다고 해서 이 글의 가치가 떨어지는 것이 결코 아니다! 낱말 하나 고치는 데는 3분이면 족하다! 글 속 생각을 고치는 데는 3일 아니, 3년이 걸려도 어렵다.

①조선소에 간 일이 있었다. → 조선소에 갔다. : 괜히 말꼬리를 복잡하게 하지 말자.

②그을려져 → 그을려 ; 피동이 두 번이나 들어갈 까닭이 없다

③베끼는 → 벗기는 : 사투리는 알맞은 데 쓰면 좋다. 그러나 뜻을 헷갈리게 만들어선 안 된다.

④배 이름, 일을 한 위치 등을 → 배 이름, 일한 자리 들을

⑤장소 → 곳

⑥지급 받는 → 받는

⑦아줌마들의 대부분은 → 아줌마들 대부분은 : '의'를 빼야
한다.

⑧놀고 있는 것이라는 이야기를 → 놀고 있다고 ; ~것이다, ~
것이라는 생각이다. 이런 표현은 권위를 좋아하는 마음에서 나
온 말이라고 본다.

할머니의 고생

중2 조완철

겨울 하면 제일 먼저

할머니 생각이 난다.

불편하신 몸으로

산에 가서 나무를 하신다.

그것도 바람이 안 부는 산에는

가지가 떨어지지 않는다고

찬바람이 부는 산으로 가시는 할머니.

고집 세고 욕심 많고 고생 많으신 할머니.

집에는 나무가 많은데

나도 매일같이 산에 가서

썩발 쭝굿대 등을 해서 많이 있는데.

할머니 말씀은

"입산금지가 되면 나무를 못해요."

그래서 지금 많이 해야 된다고 하신다.

그리고 자기 몸을 생각하지 않고

매일같이 고생하신 할머니. (1983)

*썩발: 가지를 잘라 낸 썩은 나무둥치

*쫑긋대: 마른 나뭇가지

조완철! '깡깡이 하는 아줌마'로 우리를 놀라게 했던 완철이가 2학년 때 이미 이런 놀라운 시를 썼구나. 무엇이 놀라운지 이 시에 보이는 남다른 표현들을 보자.

①시 구성
*처음 두 행 : 겨울, 하면 할머니 생각난다. - 현재. 할머니 생각
*가운데 열두 행 : 할머니 옛날 모습. - 과거를 현재 시제로 표현함 (시의 몸통)
*마지막 두 행 : (평생을) 고생하신 할머니 - 과거

②현재법으로 표현
돌아가신 할머니를 그리는 시다. 할머니와 지낸 옛날 일을 떠올리고 있다. 그런데 시에 나타난 시제는 모두 현재형이다. 과거 일을 지금 일어나는 듯이 현재형으로 쓰니 그리움이 더욱 절실해진다.

③입체적 인물 표현
할머니 모습을 떠올리며 그리워하는 마음도 보통이 아니다.

바람이 안 부는 산에는/ 가지가 떨어지지 않는다고/ 찬바람이 부는 산으로 가시는 할머니./ 고집 세고 욕심 많고 고생 많으신 할머니.

보통 아이들이 할머니와 지낸 일을 쓸 때면 극존칭을 써 가며 찬양 일색으로 이어 간다. 마음은 별로 그렇지도 않으면서. 그러나 이 시는 할머니의 여러 모습을 있는 그대로 그렸다.

④우리말 살려 쓰기
썩발, 쭝굿대 같은 말은 나무를 해 본 사람만이 아는 귀한 낱말이다. 이런 말을 살려 쓰다니! 대견스러워라! 국어 선생인 나도 몰랐던 말을!

자, 이제 생각해 보자. 완철이는 현재법도 몰랐고 입체적으로 인물을 표현할 마음도 없었다. 그냥 할머니를 그리는 마음으로 시를 썼을 뿐이다. 여기서 우리는 마음이 절실하면 표현도 절실해진다는 사실을 알 수 있다. 국어 교과서에 나오는 여러 수사법을 암기하여 지식을 쌓는 공부보다 자기 스스로 글을 써 보는 일이 먼저 할 일이란 것을 다시 깨닫는다.

사람을 귀하게 여기는 마음

"하늘을 바라볼 줄 아는 사람과 모르는 사람, 그 차이 엄청나거든."

비 맞는 옥수수

고2 주형우

집에 가는 길,

서면 근처에 마을버스를 타러 간다.

정류장 옆에서 아저씨가 옥수수를 판다.

작은 리어카에 널빤지 하나 얹고

옥수수 몇 개 올려놓고 판다.

아저씨가 더러워 보인다.
옷도 안 빤 것 같고
씻지도 않았는지
살들이 시커멓다.

누가 사갈까……

집에 갈 때면 항상 본다.
하루도 빠짐없이.

오늘은 비가 온다. 장마다.
집에 가는 길…… 오늘은 옥수수 못 팔겠다.
그러나
오늘도 옥수수를 판다.
그 자리 그대로
뒤에 있는 나무에 부서진 우산 걸치고
옥수수 비 다 맞게 한다.

누가 사갈까…….

아저씨가 담배를 태운다. (2005. 7)

형우는 수업 시작하자마자 이 시를 썼다. 나보고 좀 봐 달란다. 공책에 너덧 번 지우고 다시 써서 완성해 두었다.

"그래, 형우야. 네가 참 살뜰히 보았구나. 마음이 가지 않고는 이런 시를 쓸 수 없지. 눈물이 나. 잘 썼어. 이만하면 됐어."

그리고 행과 연을 가르는 걸 조금 도와주었다. 형우는 뿌듯한지 빙그레 웃는다. 수업 시간에 딴짓을 자주 해서 걱정이던 아이, 그러나 이렇게 귀한 시를 쓰고 있다.

이 시를 읽은 첫 느낌은 '지어내거나 거짓을 섞어 분칠하지 않았구나, 시어를 꾸미고 꼬아서 사람을 현혹하려 들지 않고 참말만 했구나' 하는 믿음이다. 이 믿음의 근거는, 시의 첫마디 "집에 가는 길/ 서면 근처 마을버스/ 정류장 옆"에 난전을 벌인 아저씨 때문이다. 이런 구체성이 시의 믿음을 높인다. 정확하게 공간을 보여 주고 거기 어설프게 전을 벌이고 옥수수를 팔고 있는 땟국이 흐르는 아저씨 모습도 그린 듯이 나타내었다. 형우는 그렇게 전을 벌인 아저씨가 안타깝고 안쓰럽다. 아무도 사 가지 않는 전을 보면서 저렇게 해 놓고서야 옥수수가 팔리겠나, 걱정을 하는 것이다.

시를 써낸 지 한 보름이 지났나, 형우가 '비 맞는 옥수수 2'를 내놓았다. 아! 아저씨가 여자를 만난 것이다. 좀 더 튼실해 보이는 트럭에 갖가지 과일을 싣고 와 파는 여자가 있었는데, 바로 그 옥수수전 옆에 차를 세우고 마이크로 손님을 불러 대며 쉴 새 없이 팔더란다. 형우는 아, 아저씨와 아주머니가 싸우겠거니 하고 버스가 왔는데도 안 타고 지켜보았는데 글쎄, 아저씨가 남 장사를 도와주고 있더란다. 무거운 상자를 척척 날라다 주기도 하고. 그 뒤 아저씨의 땟국은 사라져 갔고 드디어 아저씨 아주머니가 함께 짜장면을 배달해 먹기도 하고, 마침내 함께 차를 타고 가는 것을 봤다는 것이다. 그걸 시로 써 왔다며 공책 알장을 북 찢어 준다. 아주 재미있었다.

아! 그러나 그만 시가 쓰인 공책 알장이 증발하고 말았다. 동료 선생님들께, 시를 쓰는 딴 반 동무들한테 자랑한다고 보여 주고 읽어 주고 하다가 그만 어디 흘려 버린 것이다. 형우한테 가서 먼저 용서를 비니, 형우가 도리어 얼굴이 벌게져서 괜찮다고 손사래를 쳤다.

"형우야. 니는 괜찮을지 모르지만 나는 그게 아직도 아까워 죽겠다. 비슷하게 되살려 보긴 했지만 시 맛이 떨어져. 어디 한군데 모자란 데가 있어."

돗자리 파는 할머니

고3 유영인

"와~~~~~"
붉은 악마의 거리 응원 소리와 섞인 내 목소리.
정신이 없다.

붉은 물결 사이로 허리 구부정한 할머니가 보인다.
한쪽 겨드랑이엔 돗자리 세 개 휘감고
앉아 있는 사람들 사이로
기어가는지도 모를 만큼
구부정한 허리로
우리들의 눈을 맞추려 한다.

경기를 보다 다시 할머니를 찾았다.
여전히 한쪽 겨드랑이엔 돗자리 세 개.
대형 티비 쪽으로 몰려 내려오는 젊고 씩씩한 사람들 사이로
약하고 힘없는 할머니가
땅과 얘기하는 듯한 자세로
사람들을 피해 올라가신다.

뒤쪽 공원에 앉아 담배를 피신다.
담배에 라이터 불을 붙이는 손 빼곤
할머니의 몸은 땅에 떨어진
아이스크림처럼 녹아드는 듯이 보인다.

할머니는 이곳이랑 어울리지 않는다. (2006. 6)

마지막 두 연에 끌려 한참을 꼼짝 못 하고 있어야 했다. 젊은이
들로 넘쳐 나는 축구 응원장에서 허리 굽은 할머니에게 눈길이
가는 건 보통 사람도 다 그럴 것이다. 그러나 나중에 그 할머니
가 어디 있나 찾는 이는 드물다. 허리 굽은 할머니를 그린 말도
심상찮다.

기어가는지도 모를 만큼/ 구부정한 허리로

젊고 씩씩한 사람들 사이로/ 약하고 힘없는 할머니가/ 땅과
애기하는 듯한 자세로

여기까지는 그래도 '응, 그렇지……' 하고 읽어 내렸다. 그리
고 다음,

할머니의 몸은 땅에 떨어진/ 아이스크림처럼 녹아드는 듯
이 보인다.

땅에 떨어져 녹아내리는 아이스크림 위로 허리 굽은 할머니가
겹쳐 보이면서 나는 한동안 꼼짝을 할 수가 없었다.
'타인에 대한 상상력'이 이토록 절실하구나. 그렇지 않고는 이
런 표현이 나올 수 없지!
다른 반 수업에서 이 시를 자랑했다. 영인이가 소문을 듣고 주
뼛주뼛,
"선생님, 이건 이번에 본 할머니가 아니라 3년 전 보았던 할머
니……."
"거짓말만 아니면 됐지."
"요새 본 것처럼 거짓말을 해서……."
"그건 거짓말이 아니라 회상이야. 그걸 지금 본 듯이 썼구먼.
아주 잘."

박스 할머니

고2 김주철

작년 추운 겨울날

나와 친구들은 군고구마 아르바이트를 했다.

역시 돈을 벌기 위해서다.

정각 10시

항상 찾아오시는 허리가 굽은 꼬부랑할머니

허리는 너무 굽어서 곱추 같고 장갑은 빵꾸투성이에다

고무신을 신고 오시는 박스 할머니

맨날 10시에 찾아와선

"야야~~ 느그 박스 남은 거 없나?"

우리는 고구마를 팔고 남은

박스를 할머니에게 드린다.

흐뭇한 할머니의 표정.

그러나 우리는 가슴이 아프다.

그냥 답답하고 아프다.

다음 날에도 그다음 날에도

여전히 찾아오시는 할머니……
할머니께서는 기쁠지 몰라도
우린 가슴을 조아리며 박스를 드린다.

어느 날, 박스가 하나도 남지 않았다.
시간은 9시 40분……
우린 할머니를 위해
박스를 찾아 나섰다.
박스는 차곡히 차곡히 쌓이기 시작했다.
손이 꽁꽁 얼어버릴 것 같았다.

정각 10시
할머니께선 웃는 얼굴로 왔다가
우리를 보곤 울어버리셨다.

땀을 흘리며 박스를 쌓고 있는 우리를 보고. (2005. 7)

겨울이면 군고구마를 파는 아이들을 심심찮게 볼 수 있다.
중 · 고등학생들 가운데 학교에서 제법 주먹깨나 쓰는 아이들
이 거리에 드럼통으로 만든 틀을 내놓고 파는 게 풍속도로 자

리 잡았다. 그 아이들이 무슨 절실함이 있으랴, 재미 삼아 해
보는구나 하고 지나쳤다. 우리 주철이도 그랬을 것이다. 하지
만 얼마나 아름다운가. '땀을 흘리며 박스를 쌓고 있는' 아이들
모습이. 눈물이 날 지경이다.

이 시가 위의 두 시와 다른 것은 '시 속 주인공'이 할머니와 직
접 관계를 맺고 있다는 일이다. 위 두 시는 상대를 관찰만 했지
상대와 관계 맺기를 하지 않았다. 관계 맺기는 마음에서 몸으로
관계를 깊어지게 한다. 그래서 눈물도 나눌 수 있었을 것이다.

떡볶이를 먹으며
고1 지소은

친구와 함께 집에 가는 길. 배가 고파서 서면 시장 안에 있
는 '먹자골목'에 갔다. 비슷비슷한 걸 팔고 맛도 비슷해서
아무 데서나 먹어도 된다. 그래도 친구랑 나는 사람이 제
일 없는 곳으로 가서 떡볶이랑 만두랑 시켰다. 가자마자 아
줌마는 포크와 접시를 꺼내며 "어서 온나. 학생들, 머 좀 주
꼬?"이러셨다. 열심히 먹고 있는데 다른 사람들도 모여들
기 시작했다.

아줌마는 시골에서 온 사람처럼 볼 양쪽이 빨갛고 키도 작

왔다. 금방 장사를 시작했는지 이것저것 준비하는데 너무 바빠 보였다. 나는 별로 신경 쓰지 않고 먹고 있었는데 아줌마가 갑자기 물을 퍼붓는 파란색 바가지에 밥이랑 온갖 반찬을 넣어서 비비고 있었다. 나는 솔직히 말해서 그때 '음식 쓰레기인데 왜 비비지' 하는 생각도 했다.

아무튼 아줌마는 그걸 다 비비더니 허겁지겁 먹기 시작했다. 꼭 뭐에 쫓기는 사람처럼 입에 넣고 또 넣었다. 아줌마가 밥을 먹다 우리 옆에서 떡볶이 먹고 있던 사람이랑 눈이 마주쳤나 보다. 씩 웃으며 "배가 너무 고파서 인제 요래 무면 저녁인기라" 이러셨다.

눈 마주친 사람은 아무 말 없이 떡볶이를 다시 먹었다. 한참 먹고 있는데 옆에서 머 개밥그릇이 어쩌고저쩌고 이러면서 웃는 거였다. 자세히 듣질 못해서 모르겠지만 눈은 분명히 아줌마가 먹고 있는 바가지에 향해 있었다. 내가 괜히 기분이 나빠서 한 번 째려보고는 다시 아줌마를 쳐다봤는데 밥을 너무 급하게 먹어서 사레가 걸린 것 같았다. 뒤돌아서서 콜록콜록거리며 가슴을 막 쳤다. 좀 진정되었는지 다시 뒤돌아섰는데 눈이 벌겋고 눈물이 고여 있었다.

사레가 걸려 기침을 해서 눈물이 난 건지는 알았지만 그 눈물이 정말 슬퍼 보였다. (2004. 11)

소은이도 떡볶이 파는 아주머니의 모습을 참으로 찬찬히 잘 살폈다. 사람에 대한 관심과 사랑이 잘 드러난다.

앞에 나온 '생선 장수 아주머니' '깡깡이 하는 아줌마' '비 맞는 옥수수' '돗자리 파는 할머니' '박스 할머니' '떡볶이를 먹으며' 같은 글들, 글쓴이는 어떤 마음으로 대상을 보고 있는가? 그래, 그 마음 바탕에는 대상을 '가엾게 여기는 마음'이 흐르고 있다. 여기서 가여워하는 마음은 상대를 낮추어 보거나 제 잘난 맛을 즐기는 내려다보는 눈길이 아니다. 고단한 삶을 살아가는 아주머니들을 보며 고생 좀 덜하기를, 생선 많이 팔리길 빌 뿐이다.

사람한테는 이렇게 대상을 불쌍히 여기는 마음이 본래부터 들어 있다고 한다. 부처가 말하는 자비심慈悲心이요, 예수가 말하는 사랑이요, 맹자가 말하는 측은지심惻隱之心이다. 절실한 사랑은 상대를 불쌍히 여기는 마음이요, 이 마음은 슬퍼하는 마음이다. 상대를 보고 슬퍼할 줄 아는 마음, 그래서 자비심의 비悲가 슬프다는 뜻이고 측은지심의 측惻이 슬퍼할 측이다.

이러한 마음으로 이웃을 보고 세상을 보아야 비로소 시다운 시를 쓸 수 있을 것이다. 그런데 우리 아이들은 측은지심이니 자비심이니 하는 어려운 말은 몰라도 이미 그 마음속에 이런 보배로운 씨앗들이 깃들어 있는 것을 나는 보았다.

채소 장수

고3 김재환

집에 가는 길

오늘도 있다.

비옷 같은 바지, 오래된 남방, 안 감은 머리에 눌러 쓴 모자.

한 손엔 검은 봉지 다른 한 손엔 하모니카

늘 그 자리 그 시간 그 모습

변함이 없다.

용달차에는 수많은 채소들이 있다.

손님이 없을 때는 하모니카를 분다.

"상추 어떻게 합니꺼?"

"뿜빠빠빠~~"

"장사 안 해예?"

아저씬 기다리란 듯 손짓한다.

손님은 그냥 가버린다.

"파 있어예?"

"있습니더."

그제서야 연주가 끝났다. (2006. 6)

'가엾게 여기는 마음, 불쌍히 여기는 마음, 슬퍼할 줄 아는 마음, 측은지심'

이런 것을 말하기가 여간 어렵지 않다. 자칫하면 동정으로 흐르거나 건방지게 보이기 때문이다. 시장 안 좌판에 자리 잡은 것도 아니고 난전에 널빤지로 전을 벌인 사람들, 제 몸을 전 삼아 온갖 것을 지고 다니며 파는 사람들이라고 내가 감히 가엾게 불쌍하게 여길 수 있단 말인가.

바로 이때 짝다리 짚고 엉덩이 빼고 하모니카 부는 아저씨 만났네. 용달차에 채소 싣고 다니며 파는 아저씨. 손님 없을 때 시작한 하모니카 연주. 손님이 왔으나 멈출 수 없네. 기다리라 손짓하고 연주, 마저 하네. '장사하기 싫음 관둬' 하고 쌩 가 버리는 손님. 인정도 박하지. 그 연주 길면 얼마나 길 것이라고 그 사이를 못 기다리고 간단 말인가. 웃으면서 손바닥 장단이라도 맞춰 주었더라면 상추 두어 잎 더 얹어 드렸을 텐데.

중요한 것은 장사하는 태도이다. 이 사람은 자기 연주를 장사보다 더 소중하게 여긴다. 돈보다 아름다움을 추구한다는 말이다. 이만하면 멋진 채소 장사이지 않은가.

4

'지금 · 여기
· 나'를 쓰다

식구들 이야기를 시작으로 해서 이웃 사람들 모습도 살펴 글을
써 보았다. 눈길은 늘 바깥으로 향해 있었다. 이제 눈을 나 자
신에게로 돌려 보아야 한다. 시선의 방향을 바꾸는 것이다.
그래서 '지금·여기·나'의 모습을 있는 그대로 살펴보기로 한
다. 내 생각의 속살을 밝히는 데 너무 마음을 쓰다 보면 글이
관념으로 흐르기 쉽다. 제 삶의 모습을 실제 그대로 자세히 쓰
면서 그때 어떤 생각들이 일어나는지 밝히면 된다.

말은 글의 씨앗일까? 꽃일까?

"제 삶을 이야기하듯이 글로 써라"

이제 가정방문도 끝나고 아침을 여는 말씀도 한 바퀴 돌았다. 이러고 나니 아이들과 담임인 나 사이에 흉허물이 없어졌다. 아이들 사이도 마찬가지인 듯했다. 모두의 마음에 걸림이 없는 교실? 실제로 아이들 모두의 마음이 그랬을 리 없겠지만 적어도 전체 분위기는 어지간한 것은 서로 다 이해할 수 있는 교실이 되었다. 나는 그렇게 믿었다. 말하자면 이런 것이다.

*지각생, 결석생이 없는 반을 원하지 않는다. 다만 누가 지각이나 결석을 하면 그럴 만한 형편인 걸 다 알아주고, 모른다면 전화를 해서 그 사정을 함께 걱정한다.

*청소를 안 하고 도망치는 아이는 없다. 다만 청소하기 싫으면 "오늘 나 좀 빼 줘" 하고 말할 수 있고 그걸 받아들일 줄 아는 교실이다.

5월 어느 날이었다. 자습시간에 시작한 아침을 여는 말씀이 첫 시간 내 수업 시간까지 이어졌는데…… 그날 우리는 아름다운 감동에 젖어 사랑 가득한 교실을 이루어 내었다.

부자들은 죽었다 깨어나도 못 느끼는
고2 이상화 김원일 장성민

내가 전에 친구들과 뷔페에 간다고 한바탕 싸웠단 말이야.
한 6학년 땐가 중1인가 그랬어.
"엄마, 빨리 5천 원 도."
"3천 원밖에 없다."
그거라도 달라니 안 된다며 1600원만 갖고 가래.
내가 막 소리 지르며 그걸로 어떻게 가냐고 화를 내며 그냥 문을 콱 닫고 나갔어.
딱 나가는데 엄마가 3천 원을 주며 "자, 빨리 가지고 학교 가" 이러대.
나는 또 3천 원을 가지고 우째 가라고 이라며 받아 가지고 학교 갔어.

학교 가니 아이들이 5천 원 가지고 있제? 이라대, 3천 원뿐이다 하니 친구들이 2천 원을 빌려 주며 가자고 해.

학교 마치고 뷔페로 갔지. 아이들하고 기분 좋게 먹고 나왔지.

이제 집으로 가려고 나서는데 앞에 많이 봤던 사람이 걸어가고 있어.

어! 우리 엄마네.

난 반가워서 뛰어가서 엄마를 불렀어.

뒤에서 보니까 다리가 아파서 두드리며 가더니 나를 보더니 다시 팽팽해.

우리 엄마는 억수로 작아서 요만하단 말이야.

그리고 몸도 약해서 많이 못 걷거든.

내가 "엄마, 왜 걸어다니노."

명장동 그 입구에서 우리 집까지는 억수로 멀단 말이야.

엄마가 "알 꺼 없다" 하고 그냥 가.

걷다가 갑자기 3천 원 생각이 나데. (이때부터 울먹이기 시작)

엄마는 차비까지 나한테 다 줬던 거야.

거기다 누나한테 물어보니 월급 날짜가 이틀 후였어.

난 그때 방 안에 멍하니 있었어.

50분을 걸어오며 거기다 키도 작고 말랐는데…… 점심은 먹었을까? 이런 생각이 계속 들어.

난 엄마한테 큰 죄를 진 것 같았어.

난 그것도 모르고 소리를 질렀으니 엄마는 얼마나 속상했을까.

난 그때부터 돈 달라고 떼쓰지는 않아.

지난 시간에 썼던 '감동한 일'을 이야기로 풀게 했을 때 이상화가 나와서 한 이야기다. 상화는 이야기하다가 그만 울먹이게 되었다. 상기가 "운다, 운다" 했다가 그만둔다. 상기도 마음에 눈물이 흘렀던 모양이다. 아이들 모두 잠깐 숨을 죽인다. 감동이 교실에 조용히 흐르는 모습이 바로 이런 것이다. 어느 반보다 분위기가 좋은 5반. 아무리 보잘것없는 글이라도 우리끼리 이런 감동을 나누면 그게 좋은 글이지. 그래, 이렇게 하려고 글을 쓰고 이야기를 했지.

김원일이 나왔다.

"초등학교 때 우리 집 형편이 되게 어려웠거든. 급식비가 많이 밀렸단 말이야. 그래 그날도 내가 급식비 내야 한다고 급식비 빨리 달라고 했는데. 아빠가 좀 힘없는 말로 다음 주에 갖고 가면 안 되겠나 하고 한숨을 쉬는 거라. 그날이 일요일인데 다음 주면 너무 멀잖아. 내가 안 된다고 소리치고는 놀러 나갔거든. 아버지도 그때 힘없이 나가데. 돈 구해온다고. 나는 친구들하고 막 놀았어. 어두컴컴해서야 들어왔는데, 아버지는 한참 있다 들어오데. 아버지가, 자 여, 급식비다, 하고는 주머니에서 꾸게꾸게해진 돈을 다시 곱게 펴서 나한테 주데. 돈을 받으며 아래를 보니 아버지 신발이 다 떨어졌어. 아⋯⋯."

원일이도 그만 울먹해졌다.
"아버지는 아까 어디 나가서 돈을 구해 왔던고?"
"아까 놀 때 봤거든. 억수로 험한 일을 하고 있데."
"무슨 일?"
"으응⋯⋯ 넘의 집 앞 쓰레기 치우는 일⋯⋯."
아이들이 잠깐 말을 잇지 못한다. 그때 맨 앞에 앉은 원규가 말한다.
"암마, 쓰레기 치우는 일 그거 괜찮다. 어때서."
"그래, 어때서."
아이들은 여기저기서 작은 소리로 말하고 있다.
우리는 또 하나가 된다.

장성민은 나와서 몇 마디 못 하고 기어이 울고 말았다.

157

"며칠 전에 교복 맞추러 갔는데…… 아버지하고 같이 갔거든. 아버지하고 그렇게 나가 본 적 별로 없었단 말이야. 아버지를 보니까……."

평소 거의 말이 없는 성민이는 금방 얼굴이 붉어지더니 그예 눈물을 글썽인다. 아버지가 장애인인가? 아버지가 많이 편찮으신가? 몇 아이들은 "운데이. 성민이 운데이" 한다. 말이 이어졌다가 다시 끊긴다. 참는다.

"아버지 입고 있는 옷이, 신발이 너무너무 낡았는 기라……."

여기까지 이야기하고 성민이는 그만 눈물을 쏟고 말았다.
내가 앞으로 나가 울고 있는 성민이를 안았다. 한숨이 나온다.
한참 안고 있었다.
그리고 이야기하기 전에 써 둔 글을 내가 대신 읽어 주었다.

"한참을 걸어가다가 아버지를 그냥 슬쩍 보았다. 아버지 모습은 초라했다. 나는 좋은 옷에 좋은 신발을 밖에 나간다고 옷을 잘 입고 나갔는데 아버지는 허들허들한 옷에 다 떨어진 신발을 신고 걸어가고 있었다. 순간 나는 아버지께 미안했다. 그 모습을 보자 내가 공부 안 하고 놀았던 기억이 떠올랐다. 나는 지금 무엇을 하고 있는가. 내가 참 한심스러웠다. 아버지 어머니 생신 때 좋은 신발 하나 사 드리려고 생각했다. 하지만 그건 생각뿐 실현되지 않았다."

여태껏 시시했던 내 수업이 갑자기 환해지는 기분이었다. 우리는 이렇게 마음을 나누고 있구나! 그래 가난이 아니면 누가 이런 감동을 주겠는가. 마음도 아프고 몸도 고달프게 살아가지만 우리는 그래도 이런 따뜻한 훈기를 느끼기도 하지. 부자들은 죽었다 깨어나도 못 느끼는.

나는 아이들을 칭찬하고 싶어 안달이 났다. 다음 날 타자한 것을 인쇄했다. 내가 수업 들어가는 2학년 열두 반에 다 돌릴 참이다. 아이들이 감동할 것을 상상하면서. 그런데 직접 이야기로 듣지 못하고 글만 읽은 아이들은 감동이 덜한 모양이다. 반응이 사뭇 다르다. 문득 이런 생각이 들었다.
'말은 글의 씨앗일까? 꽃일까?'

가장 아름다운 상상력은 상대를 이해하는 마음

"가난해 본 사람이 남 사정 알지"

감동의 물결! 한 반에서 성공한 글쓰기는 곧 다른 반으로 옮겨진다. 교사가 별나게 무엇을 할 것 없이, 그냥 마음을 울리는 글이 나오면 잘 갈무리해 두었다가 필요할 때 읽어 주면 된다. 그래서 글쓰기 교육을 하려는 교사는 보기글을 많이 가지고 있어야 한다.

해가 바뀐 9월 어느 날. 우리 반 반장 아이가 써낸 시를 두고 이것을 본보기로 갈무리해야 할지 말아야 할지 고민하고 있었다. 그러다가 문득 가정방문 때 일이 떠올랐다.

차들이 쉴 새 없이 매연을 뿜으며 가다 서다를 반복하는 교차로 한 귀퉁이. 1층은 무슨 가게, 그 옆 계단 몇 칸을 내려가면 반지하 방이 있다. 여닫이 유리문 하나가 이 매연과 소음을 가로막는 유일한 문인데 그것도 아귀가 잘 맞지 않는다. 이 문을 열면 바로 좁은 마루에 이어진 방. 방 옆쪽에 또 계단 몇 단. 여기를 내려서면 완전히 지하 공간. 거기에도 조그만 방이 하나. 비라도 오면 길거리의 기름때 낀 시커먼 물들이 바로 집으로 쏟아져 들어오게 생겼다. 늘 그렇지는 않지만 비가 조금만 많이 와도 좁은 마루 밑은 물이 흥건해진다고 한다.

방에는 퀴퀴한 냄새, 벽엔 곰팡이. 지하 방은 창문이 없다. 창고 같은 방. 여기 책상이 하나 놓여 있다. 어렵사리 산 책상이 혹시 흠이 날라 비닐을 덮어 씌워 두었다. 여기가 공부방. 이 방에서 공부하는 아이가 우리 학교에서 전교 1등을 한 번도 놓치지 않고 있는 김찬우다.

"으응, 우리 찬우가 이런 연구실을 가지고 있었구나."

나는 좀은 어색하게 좀은 미안해하며 찬우의 어깨를 다독일 수밖에 없었다.

글쓰기 시간이었다. 자기 삶을 이야기로 풀어내어 쓰거나, 자기 생활의 한 부분이 그대로 지금 여기 우리 눈앞에 보이듯이 드러나도록 그려 내 보자, 했을 때 얻은 글이 찬우의 '제목 없음'이다. 이 시를 읽으며 난 한참 목이 메었다. 지독히 가난한 모습을 아주 담담히 그려 낸 때문이다. 이 귀한 글을 혼자 읽고 있을 수 없지. 다음 시간 우리 반 아이들에게 '제목 없음'을 이렇게 읽어 주었다.

"이 글을 쓴 사람은 제목을 '제목 없음'이라고 했어. 제목이 뭐래도 좋아. 그냥 본문만 들어 봐."

피곤한 몸을 이끌고 학교 마치고 집으로 간다.
정말 배고플 시간
저녁 밥상이 차려지길 기다리며 티비를 보고 있다.
"밥 먹자."
티비를 끄고 밥상 앞으로 가 앉는다.
오늘도 어김없이 밥상 위엔 네 가지가 올라와 있다.

여기까지 읽고 멈추었다. 그리고 아이들한테 물었다.

"자, 너희는 이 밥상에 올라온 네 가지가 뭐라고 생각해?"

애들이 여기저기서 반찬을 들먹인다.

"밥 김치 콩나물국 김?"

"밥 된장 김치 깍두기?"

"밥 카레 김치 멸치볶음?"

"다 틀렸어. 마저 읽을게 들어 봐."

오늘도 어김없이 밥상 위엔 네 가지가 올라와 있다.

밥, 김치, 수저 그리고 물.

"밥하고 김치하고 그리고는 수저와 물이래."

다시 읽어도 목이 멘다. 나는 이 아이가 일부러 과장해서 이렇게 말하지 않았다는 것을 너무나 잘 안다. 아이들도 금방 조용해진다. 잠시 그 밥상을 떠올리고 있으리라. 어쩌면 별반 다를 게 없는 자기들 밥상이지만 이보다는 낫구나 생각할지도 모른다.

"이어서 읽을게."

순식간에 상 위를 스윽 훑어보고 난 뒤

밥을 먹기 시작한다.

'나보다 더 힘든 사람들도 많을 텐데······.'

없을지도 모르는 사람들에게 동질감을 느끼며

나를 달랜다.

"자, 봐. 나보다 더 힘든 사람들도 많을 텐데······ 하고 생각해. 그렇게 생각하다가도 아니야 없을지도 몰라, 생각했겠지. 그토록 절박한 거야. 그러면서도 그 없을지도 모르는 사람들에게 동질감을 느끼며 자기를 달랜대. 그래 괜찮아, 안 굶으면 되지……. 이렇게 맘먹으며 자기를 달래. 물론 이 친구 밥상이 늘 이렇지는 않을 거야. 어떤 날은 삼겹살이 올라오기도 했겠지. 하지만 평소엔 이 네 가지 말고는 더 바라지도 않았을 거야, 이렇게 살아."

조금 뜸을 들이다가 다시 묻는다.

"자, 그런데 이 시를 쓴 사람이 누군지 알아? ……김찬우야."

아이들은 놀라워하며

"오우! 찬우!"

"오! 찬우! 굿! 파이팅!"

격려를 한다. 사실 찬우는 여태껏 우리 반 아이들의 시샘을 많이 받았다. 그럴 만도 했다. 수석 입학 이후 3년 내내 수석 자리 한 번 내놓은 일 없지. 늘 장학금 받지. 언제나 맨 앞자리, 빈틈없는 자세로 선생님들 사랑 독차지하지. 학비 무료에 취직 보장된다는 한국기술교육대학교에 이미 합격해 두었으니까. 그러나 오늘 이 시를 읽으며 아이들은 찬우가 부디 성공해서 이 가난에서 벗어나 주길 기대하는지도 모른다.

나는 시를 처음부터 끝까지 다시 읽어 주었다.

제목 없음

고3 김찬우

피곤한 몸을 이끌고 학교 마치고 집으로 간다.

정말 배고플 시간

저녁 밥상이 차려지길 기다리며 티비를 보고 있다.

"밥 먹자."

티비를 끄고 밥상 앞으로 가 앉는다.

오늘도 어김없이 밥상 위엔 네 가지가 올라와 있다.

밥, 김치, 수저, 그리고 물.

순식간에 상 위를 스윽 훑어보고 난 뒤

밥을 먹기 시작한다.

'나보다 더 힘든 사람들도 많을 텐데……'

없을지도 모르는 사람들에게 동질감을 느끼며

나를 달랜다. (2006. 9)

시를 다 읽자 앞에 앉아 있던 영진이가 선생님 저도 뭐 좀 쓸
게 있는데요, 한다.

"그렇지, 바로 이거야. 동무들 글을 읽으면 아! 나도 쓸 말이

있는데…… 싫을 때가 많지. 그때 바로 쓰는 거야. 글쓰기는
이렇게 서로를 북돋우거든."

영진이는 그날 집에 가서 썼다며 다음 날 꽤 긴 글을 내민다.
제목은 '급식비' 급하게 쓰느라 주술 관계가 잘 안 맞는 문장,
되풀이 쓴 말, 잘못 쓴 낱말 들을 둘이서 다듬었다. 아! 보기 드
문 귀한 글이 되었다.

나는 문득 이 글 두 편을 교재로 3학년 전체 반에서 글쓰기 수
업을 해야겠다고 생각했다. 수업 지도안은 간단하다. 이 글 두
편만 읽어 주면 된다.

"오늘은 여러분 친구가 쓴 글을 두 편 읽어 드리겠습니다. 난
이 글을 읽고 울었거든요. 여러분은 어떤 마음이 드는지 귀 기
울여 들어 보세요."

먼저 '제목 없음'을 우리 반 아이들에게 하듯이 중간중간 질문
을 해 가며 읽었다. 그리고 다 읽은 후에는 쓴 아이 이름까지
밝힌다. 찬우를 모르는 아이는 없으니까. 이어서 '급식비'를 빠
르게 그러나 실감 나게 감정 넣어서 읽어 내린다. 물론 미리 읽
는 연습을 해 두어야 한다. 그래야 아이들 귀를 붙잡아 둘 수
있다. 자칫 흐트러져 버리면 수업은 실패다.

급식비

고3 안영진

내가 초등학교 입학하기 전 아버지가 전부터 하던 사업을 실패한 후 새로 하신 사업이 아직 시작 단계라 집 형편이 많이 안 좋았다. 그때 급식비 정도야 나와 둘째동생이 초등학교를 다녔기 때문에 몇 달 밀린 것 빼곤 간신히 기간 내 납부했다. 하지만 막냇동생까지 초등학교에 입학해 급식을 하면서 급식비 부담은 커지게 되었고 결국엔 급식비가 조금씩 밀리기 시작했다.

밀릴 수밖에 없었던 게 당연했다. 내가 어릴 적엔 아버지는 신발공장을 어머니와 단둘이서 운영해 가고 계셨다. 어느 날 둘째동생은 유난히 그날 공장을 뛰어다니며 왔다 갔다 거렸다. 어머니는 그게 불안해서 동생에게 너무 시선을 두는 바람에 신발 로고를 찍어 내는 기계에서 손을 빼지 못해 끼고 만 것이다. 가죽에 정확한 모양을 찍어내기 위한 그 기계는 높은 압력으로 열까지 높은 상태였다. 그 일 때문에 어머니는 한 손이 불편한 3급 장애인 판정을 받으셨다. 아버지는 어머니 일도 일이지만 무슨 이유인지 신발공장을 그만두셨다.

신발공장에 있던 각종 기계들을 팔아 생긴 돈들은 신발공장

167

을 차리기 위해 빌린 빚을 다 갚고 나니 남는 게 얼마 없었다. 거기다 이대로 있을 수만 없는 상황에다 가장으로서의 책임을 지고 있는 아버지는 할 수 없이 또 다시 빚을 내어 기계공업이란 사업을 시작하신지 얼마 되지 않은 상태라 엄청 힘든 시기였다.

그때 난 5학년이었다. 4학년 때의 급식비가 좀 밀린 게 있지만 학교에서 별말이 없어 5학년이 되어도 급식을 계속 할 수 있었다. 그리고 그 달 말쯤 번호순대로 담임은 납부서를 나누어 주고 있었다. 4학년 때의 급식비가 밀린 난 그나마 좀 안심이 되었다. 왜냐하면 우선은 5학년 때의 납부서만 나올 것이라 믿었기 때문이다. 만약 그전에 밀린 것까지 치면 납부서가 몇 장은 된다. 그 나이 때 난 급식비 못 내는 게 엄청 쪽팔렸다. 그런데 내 차례가 되자 담임은 복도에서 잠시만 기다려란 말과 함께 내 차례를 넘겼다. 복도에 기다리고 있는 나에게 담임은 그동안 밀린 급식비 얘기를 하며 급식비 얘긴 부모님께 꼭 말씀드리라고 하며 납부서를 5장이나 주었다. 하지만 담임은 정작 내가 급식비를 계속 미루게 되는 이유가 궁금하지도 않은지 그 이후로도 별다른 얘기도 없었다. 담임은 내가 급식비를 낼 기미가 없는 것처럼 보였는지 매번 이런 일이 있을 때마다 한숨만 푹푹 쉬며 짜증과 안타까움이 반반 섞인 목소리로 급식비를 내란 소리만 몇 번이고 하다 어느 날엔 부모님의 연락처를 알려 달라는 것이었다. 번호를 알려 주자마자 내가 보고 있는 데서 한창 일이 바쁘실 때에 전화를 해 급식비 얘기를 하는 것이었다. 그 뒤 일부 밀린 급식비를 부모님께서 겨우 내주셨다.

담임은 언제부터인가 급식 후 남는 밥과 국 그리고 반찬이 아까운 모양인지 일회용 위생봉투에 남는 음식들을 담아 가져가고 싶은 사람에게 나누어 주었다. 모두 쪽팔려서 아무도 안 나갔다. 나는 나도 모르게 한 번 나가서 반찬을 받고 말았다. 반찬을 나누어 주던 첫날 난 그날 급식에 하이라이트에 속하는 반찬을 가지고 집으로 가는 중 나도 모르게 이런 생각을 했다.

'반찬도 없는데 이거라도 들고 가서 식구들이랑 먹으면 좋겠네.' 그날 이후로 난 쪽팔리는 것은 때려치우고 무조건 나갔다.

그때부터 밥은 대충 먹고 매일 반찬만 가지고 집으로 갔다. 내 생각은 이랬던 것이었다. 반찬 투정은 심했고 무엇보다 학교 급식 아니면 먹어보기 힘든 음식에다 부모님은 당연 못 먹어 보는 음식들이니 꼭 가져가야겠다는 강박관념 비슷한 것이었다. 난 그걸 생각하며 하루도 빠짐없이 반찬을 집으로 가지고 갔다.

어느 날이었다. 다른 때랑 다름없이 반찬을 달라고 말했다.

그런데 갑자기 담임의 얼굴이 일그러지며 성질을 확 내면서 큰소리로 급식비나 내고 가져가라고 하는 것이다. 깜짝 놀란 친구들의 시선은 전부 담임과 나에게로 쏠렸다. 정말 어떻게 해야 할지 몰랐다. 들어가야 하는 건가? 서 있어야 하는 건가? 그 상황에 달라고 해야겠다는 생각은 할 수도 없었다. 더 충격적인 것은 나를 무시한 채 아무 일 없었다는 듯이 미소를 띠며 다른 친구들에게 가져가라고 건네는 것이었다. 그때 멍하니 서서 있다 땅만 바라보고 애써 친구들의 시선을 피하며 자리에 들어가 앉았다. 어떻게 그렇게까지 창피를 주고도 그리 가식적으로 행동했는지 아직도 이해가 안 간다.

나의 반찬 가져오기는 겨우 1주일 정도였고 더욱 나를 서글프게 만든 건 그날 저녁이었다. 내가 반찬을 가져올 때마다 은근히 나를 기특하다고 생각하신 부모님은

"영진아, 오늘은 반찬 자랑 안 하나?"

나는 갑자기 울컥 했다.

"아! 오늘 내보다 밥 빨리 먹은 녀석이 먼저 가져가더라. 요즘 내보다 밥 빨리 먹고 가져가는 놈들 진짜 많다."

"그래…… 들고 올 수 있을 때만 들고 온나. 밥 대충 먹지 말고……."

난 허겁지겁 밥을 먹고 곧장 화장실에 갔다. 화장실에 들어

가자 말자 오늘 학교에서 있었던 일과 저녁때 짧은 부모님과의 대화에 가슴과 눈이 타 들어갈 것만 같았다. 화장실 문 너머 우는 소리가 들릴까 입술을 꽉 깨물며 서럽고 분하고 비참함으로 가득 찬 눈물을 전부 흘렸다.

초등학교 시절 말이 적던 나는 결코 무시당할 짓은 하고 지내지 않았다. 그런데 불과 초등학교 5학년이란 어린 나이에 급식비를 못 낸 탓에 같은 친구도 아닌 담임한테 무시를 당하면서 5학년을 보냈다. 5학년 때 있었던 이 일은 아직도 하나하나 생생하게 생각난다.

한편으론 내가 이제 생각을 어떻게 해야 할지를 결정해 준 전환점이라고도 생각을 한다. 그때 그 상황을 떠올리면서 이 글의 마지막 부분을 쓰니 눈가에 눈물이 고인다. 한편으론 정말 화가 머리끝까지 치밀어 오른다.

그리고 그때의 돈으로 인한 비참함은 지금도 우리 식구들에게 달라붙어 괴롭히고 있다.

그렇지만 지금이 더 좋은 기회일지도 모른다. 왜냐면 드디어 이 돈에 대한 비참함을 무너뜨릴 수 있는 기회가 온 것이기 때문이다. 내가 이제 어른이 되어 가니까. (2006. 9)

읽기를 마치고도 한동안 먹먹하다. 아이들도 묵묵히 앉아 있다. 어둑한 교실에 보이지 않는 손길이 우리들 어깨를 하나하나 어루만지고 있다.

'나도 저 비슷한 아픔이 있었지…….'

'나는 저 정도로 아프지 않았는데도 견디기 힘들었는데 영진이는 잘 참았네…….'

아이들 모두 자기의 가난을 생각하는 눈빛이다. 말없이 종이를 나누어 준다. 그리고 소리를 낮추어 말했다.

"찬우 영진이 글, 감동이지? 보통 마음으론 말하기 힘든 이야기야. 그런데 바로 그런 형편이 '지금·여기·우리 모습'이잖아. 가난한, 늘 돈에 쪼들리는 아픈 나날들이 우리를 쪼그라들게 하잖아. 찬우와 영진이는 그것을 있는 그대로 다 드러내었어. 그게 감동이지. 그래, 그렇다면 오늘은 우리 가난에 대해 써 보자. 지금 여기서 내가 겪고 있는 가난, 내가 겪었던 가난, 또는 내가 본 가난을 써 보는 거야."

아이들은 말없이 엎드려 뭔가를 쓰기 시작한다. 나도 할 말이 많다는 투다.

자기를 꾸며 드러내는 어리석음

"감동은 솔직함 앞에서 가장 크게 일렁인다"

아이들을 둘러본다. 거의 다 비슷한 처지다. 이 아이들이 졸업을 하고 나면 무엇을 하며 어떻게 살아갈까. 어쨌거나 이 아이들이야말로 우리 사회의 밑거름이 되어 살아갈 것이란 건 확실하다. 자기를 썩혀서 이 사회를 지탱할 것이다. 그러나 사람대접 제대로 받지 못하고 살아갈 앞날을 생각하니 억울하고 원통하다. 말이 좋아 밑거름이지 밑바닥이라 해야 맞는 말이다. 그렇더라도 아이들에게 거짓 희망을 주어서는 안 된다. '너 하기 달렸다'고 소리치는 것은 협박이다. 어떻게 해야 하나. 답답하다. 겨우 할 수 있는 일은 이렇게나마 자기를 밝히는 글을 써서 나누어 읽으며 서로 어깨를 겯는 일뿐이다. 그렇지만 나는 송두리째 절망하지는 않는다. 가난은 이 물신주의 세상을 구제할 힘이 될 것이란 믿음 때문이다.

"나는 밥상 이야기를 쓴 친구에게 가난에 포원이 서서 악착같이 돈만 벌려는 사람이 되지는 말라고 부탁했어. 너희들도 마찬가지야. 젊었을 때는 장가 밑천 마련한다고 쎄가 둘러빠지고, 장가가서는 집 장만한다고 또 아득바득 고생 고생 정신없이 살다가, 집 장만하고 나면 자식 공부시킨다고, 나는 공고 나왔어도 너는 좋은 대학 가야 할 거 아니냐고 학원에 어디에 보낸다고 앞도 뒤도 못 보고 허우적거리다 보면 어느새 너희들은 폭삭 늙어 있을 거야. 이게 뭐야. 인생이 평생 고생이잖아. 흥청망청 살자는 게 아니야. 최소한 우리 삶을 즐기면서 살아야 할 것 아냐. 소박하게 살 마음만 있으면 돈이 좀 없어도 삶을 즐기면서 살 수 있을 거야. 제 하고 싶은 일도 좀 하면서 말이야. 너희들이 그렇게 살았으면 좋겠는데…….

문제는 말이야, 우리가 가난하게 살기를 각오하는 일이야. 아니 '소박하게'라고 바꾸자. 하여튼 우리가 가난해져야 우리를 살리고 지구를 살리게 될 거야."

글을 쓰고 있는 아이들 뒤꼭지에 대고 나는 연신 떠들어 댄다. 내가 뭘 하고 있나 싶다. 그래도 아이들은 '지금·여기·나'의 모습을 있는 그대로 드러내 보여 주었다.

강인함 뒤 무력함

고3 심경택

오늘도 술에 취해 집에 오시는 아버지
하루 이틀이 아니구나.
연이은 사업 실패 때문인가
강하시던 아버지가 너무 약해 보인다.

학교 다녀오면 어두운 내 방
"학원도 이번 달이 끝이구나."
누나가 웃음을 잃고
아버지는 희망을 잃고
난 행복을 잃었구나.

아버지의 뒷모습
우리들 앞에서 내색하지 않고
항상 잃지 않으셨던 웃음

잠들기 전에 생각한다.
내가 할 수 있는 일이 이렇게 없구나.
내가 이렇게 무력하구나.

얼마나 지나야 강해질 수 있나.

언제 나는 어른이 될 수 있나.

빨리 찾고 싶다.

내가 잃은

우리 식구들이 잃은 것들을. (2006. 9)

경택이 누나는 국문과를 다니는데 학원에서 아르바이트를 한 모양이다. 어머니도 어디 남의 집에 일하러 다니고, 아버지는 작은 호텔의 지배인이었는데 얼마 전에 그 호텔이 망한 모양 이다. 할머니가 계셨다. 경택이는 현대중공업 입사를 앞두고 있다. 아주 예의 바르고 성실한 아이다. 취직이 안 되면 새벽 시장에 나가 채소 장사를 해서라도 집을 돕고 싶다고 하던 아 이다.

8월

고3 이정민

우리 아버지는 목수

우리 엄마는 학교식당 직원

해마다 다가오는 8월

비만 한없이 내리는 장마

기다리고 기다리던 방학이 있는 달.

내가 기다리는 8월과

우리 부모님이 무서워하는 8월

해마다 우리 엄마 하는 말

"일하러 갈 땐 아무렇지 않은데

집에만 있으면 온몸이 쑤시네."

어차피 일 못 나가는 거

그냥 맘 편히 한 달만

8월만 푹 쉬지……. (2006. 9)

말이 좋아 목수요, 듣기 좋아 식당 직원이다. 하루살이 신세 노가다요, 식당 아줌마다. 아버지는 비만 오면 공쳐야 한다. 비정규직 어머니도 방학 땐 일이 없다. 그나마 아버지는 맑은 날 하루 나가 일하면 일당 15만 원을 번다.

낙천적인 정민이는 그래도 가끔 고기 구워 먹을 수 있을 정도 되니까 가난을 느껴 본 적은 없다고 한다.

내 주머니엔 동전 몇 개
고3 김민욱

친구들과 만날 때 항상
내 주머니엔 동전 몇 개

15평 안 되는 집에
아빠 형 나 엄마 할아버지

집으로 가서 엄마한테 한마디 했다.
엄마 돈 좀……

대답 없으신 엄마는 전화 중이었다.
이번이 마지막이니 백만 원만 빌려달라고……
꽉 잠긴 목소리로
"꼭 갚을게……." (2006. 9)

형편이 어려울수록 식구가 많지. 복닥거리는 집. 주머니에 짤
랑거리는 동전 몇 닢. 언제 한번 가슴 펴고 친구들을 만나 보
나. 나도 이런 아픔이 많았다. 엄마의 잠긴 목소리에 내 목젖이
내려앉는 느낌이다.

마음이 흘리는 눈물

고3 김성균

내앙도 지쳐 스르르 사라질 시간
힘 빠진 문이 열린다.
'아, 말을 해야 할까……'
어머니의 뒷모습이 내 입을 막는다.
'말해야지…… 말해야지'
"엄마, 내 음악 해 보고 싶다."
"그거 해서 뭐해 먹고살라꼬. 다음에 취미로 하든가 해라."
"그래도…… 해 보고 싶은데……."

어둠속에 갇혔다.
처음이자 마지막 꿈일지도……
꿈일지도…… 모르는데……
혼자 옥상에 가 흥얼거린다.
뜨거운 가슴이 흐르는 소리를
꿈은 꿈이기에 꿈이라고. (2006. 9)

성균이는 모자원에서 생활하는 아이다. 기본 생활을 하기엔 모
자원이 낫다. 1학기 때부터 실용음악을 하겠다던 아이다. 학원

비가 없어서 고생한다는 이야기를 들었다. 결국 그 꿈을 접고 다시 찾은 길이 국어 선생이 되는 것이었다. 신라대 문리대 국문과에 합격했다. 그러나 문리대 나와서 선생 되기 어렵다는 말에 고민을 하더니 대학을 포기하고 산업인력개발원에 가기로 했다. 여기에서 기술을 배워 취업을 하고 싶다고. 여기는 중소기업체가 운영하는 곳이라 취업은 보장된단다. 단순 하위직 노동자가 되겠지만. 음악과 문학에 뜻이 있던 성균이는 이렇게 공장 허드레 일꾼으로 가야 한다.

성균이는 이미 알고 있었는지 모른다. 시의 마지막 구절이 두고두고 가슴을 친다.

'꿈은 꿈이기에 꿈이라고'

나의 반년과 아빠의 반년
고3 최현지

우리 아빠는 선박직원이다. 아니, 아닐지도 모른다. 사실은 나도 잘 모른다. 아빠는 나에게 집, 회사, 가족 등 뭐 하나 말해 준 적이 없다.

아빠와 나 사이엔 대화 자체가 아예 없다는 게 딱 맞는 말인 것 같다.

우리 집 식구는 네 명이다. 이렇게 말하면 당연히 엄마, 아빠, 나 그리고 그 외에 할머니나 할아버지, 형제가 한 명 있을 거라 생각하겠지만 우리 집은 그게 아니다. 지금 나와 같이 3년을 지내온 꾀 친구들도 내 가족사항을 모르는 아이들이 더 많을 것이다. 말할 기회가 없었는데 난 왠지 항상 내가 숨기고 있는 기분이 든다. 그렇다고 뜬금없이 나는 할머니, 할아버지, 아빠, 나 이렇게 네 명이서 산다고 말할 수도 없고. 그래, 난 엄마가 안 계신다. 그리고 실제로 같이 집에서 사는 건 할머니, 할아버지, 나 이렇게 셋뿐이다.

나는 아빠를 엄청 무서워한다. 무서워한다는 이 말이 맞는지는 모르겠다. 남들처럼 아침에 보고 저녁에 보는 게 아니라 이때까지 18년을 살면서도 아빠 얼굴은 1년에 한두 번씩 보는 게 다였으니 말 한마디 붙이는 것이, 인사하는 것이, 같이 나란히 앉아 있는 것조차 힘들었다. 난 아빠에게 엄마에 대해 '엄' 자 한마디도 꺼내본 적이 없다. 궁금하지도 않았다. 어릴 적부터 할머니 손에서 커 와서 그런지 엄마라는 그분의 의미가 뭔지도 모르겠다.

어쨌건 난 엄마에 대한 이야기를 18년 동안 며칠 전 처음으로 들었다. 나를 낳고 100일도 채 되기 전에 이혼했다고. 내가 18년 만에 첨으로 들은 엄마 이야기는 이게 다였다. 난 또 몇 년을 엄마 이야기를 기다려야 될지……

아, 하여튼 중요한 건 이게 아니라 내 가난 이야기는 작년의 일이다. 아빠가 해외에서 지내기 때문에 통장으로 다달이 생활비를 보내 주신다. 그런데 어느 날부터 생활비가 거의 들어오지 않는 것이었다. 들어온다 해도 고작 몇 만 원쯤? 갑자기 왜 생활비가 들어오지 않는 것인지 난 이해할 수가 없었다. 금전적인 어려움뿐만 아니라 할아버지의 술주정으로 경찰서도 몇 번 들락날락했으며 이것저것 생활이 말이 아니었다. 그러던 어느 날이었다. 학교를 마치고 집에 가는 길, 시장 골목에서 할머니를 만났다. 거기서 집으로 걸어오다 보면 과일가게가 하나 있는데 할머니가 과일가게 앞에 서더니 주인아줌마에게 참외 어떻게 하냐고 물었다. 그 아줌마는 참외 2개에 천 원이라고 했다. 그러자 할머니가 그럼 하나에 오백 원에 달라고 했다. 그러자 아줌마는 이렇게 말했다.

"할머니, 그렇게는 안 돼요. 그렇게 팔면 저희가 어떻게 장사를 하겠어요."

이 말이 떨어지기가 무섭게 할머니는 아줌마 팔을 붙잡으며 그 아줌마 손에 오백 원을 계속 쥐여 주었다. 한 발자국 뒤에 물러나 그 장면을 보고 있자니 눈물이 쏟아질 것 같았다. 허리는 구십도 가까이 굽혀서 계속 그 아줌마한테 오백 원을 쥐여 주는 모습이 불쌍했다. 난 너무 화가 나서 고함을 질렀다.

"아. 가자고."

"머라노, 일로 와 바라."

그 기계 옆에 쭈그려 앉아 기계에서 빌린 칼로 참외를 깎더니 나에게 주는 것이었다.

"누가 이딴 거 먹고 싶다드나? 할머니나 먹어라."

하고 참외를 바닥에 던져 버리고 돌아왔다.

저 발끝부터 가슴, 목, 무언가 올라오는 게 목구멍이 점점 좁아지면서 숨이 탁탁 막혀 오는 것 같았다. 눈물은 하염없이 흐르고 그렇게 난 이불을 뒤집어쓰고 울다 지쳐 잠이 들었다.

다음 날, 도대체 아빠가 왜 그렇게 하는지, 돈 벌어서 다 어디다 쓰는지, 몇 달 동안 계속 그렇게 생활이 안 되는 생활비를 보내는지 화가 나서 마구 문자를 보냈다. 그 문자 내용은 차마 말로 할 수 없이 막말이었다. 난 그렇게 무서웠던 아빠한테도 그때만큼은 참을 수가 없었다.

그리고 며칠 뒤 학교 갔다 와서 옷 갈아입는데 할머니가 말했다.

"니 아빠한테 뭐라고 했나? 아까 집으로 전화 왔던데 딸한테 그런 소리 들어야 하냐고 울더라……."

"근데 어짜라고."

아빠가 울었다는 말에도 난 미안하기는커녕 당연하지 뭘 그래 싶었다.

아빠가 한 달 가량 집에 있었는데 새로운 회사로 옮기려고 이력서를 쓰는데 쓰다가 틀린 이력서와 여러 가지 자료들을 주면서 내 책상에 보관해 두라고 했다. 그것을 받아들고 내 방으로 가 책상서랍에 넣으려는데 그냥 궁금해서 이것저것 살펴보다가 나는 울었다. 틀린 이력서에서 경력 사항 적는 곳에 ○○○○년에 ○○○○회사 퇴사라고 적혀 있었다. 그리고 그 밑에는 그때 아빠가 일이 있어서 회사를 그만두게 되었고 우리 공주 힘들게 하기 싫었고, 할머니 걱정하시는 모습 보기 싫어서 말을 못 하고 혼자 이리저리 돈 빌려서 집에 조금씩 넣어주었다고. 할머니, 할아버지 옆에서 니가 많이 힘들었을 거란 거 잘 안다고 미안하다고…… 우리 딸 힘들게 안 한다고 이제는. 그리고 사랑한다고…….

얼마나 눈물이 났는지 이렇게 울다가 죽어버릴 것 같았다. 아빠한테 모질게 했던 몇 달이 내 머릿속을 온통 휘감았다. 그렇게 아빠 혼자 반년이란 시간을 힘들어할 때 난 모진 말만 했으며, 신발 산다고 옷 산다고 친구들이랑 논다고 이리저리 돈 달라고 했는데 그 돈들을 다 챙겨주었다. 그 돈들을 구하기 위해 혼자 힘들어했을 아빠가 가여웠다.

작년은 아빠를 좀 더 사랑하게 해 준 한 해였다. (2006. 11)

가난을 글감으로 글을 쓰게 한 뒤부터 수업 시간에 들어가면 몇 아이가 나와서 집에서 다시 썼다며 글을 건네고 들어간다. 그만큼 하소연하고 싶은 말이 많다. 글은 어느덧 마음에 맺힌 한을 풀어 주는 구실도 하게 된다. 글의 힘이나.

이 글도 쓰는 데 며칠이 걸렸다고 한다. 쓰는 동안 울기도 많이 울었지만 아버지를 사랑할 마음이 굳어져서 참 좋더란다. 쓰고 지우고 다시 쓰며 아버지를 생각했다고. 다 쓰고 나니 그만 속이 후련하더라고.

현지는 간호학과를 졸업하고 지금 병원에서 근무하고 있다. 지난봄에는 내가 하는 덕담을 들으며 결혼도 했다. 신랑은 영화배우처럼 멋진 소방대원이다. 결혼식 날 현지 아버지와 인사를 했다. 작은 키, 참한 얼굴이 착해 빠진 상이다. 딸내미 문자 폭탄에 눈물 쏟을 양반이겠구먼 싶어서 웃음이 났다. 이제는 문자 폭탄 받을 일은 없겠지. 모든 아이들이 현지 부부처럼 소박한 삶을 꾸릴 수 있는 살림살이를 갖출 수 있으면 오죽 좋을까.

때리는 고용주

고3 김시윤

주문서로 머리를 맞았다. 내가 뭘 잘못했는지도 잘 모르겠고 열심히 이 테이블 저 테이블 옮겨 가면서 주문 받고 음식 나르고 열심히 일하고 있던 도중에 말이다. 평소에도 틈만 나면 화를 잘 내던 주간 실장은 "시윤이 니 일로 와 봐라" 하면서 손님들이 다 보는 앞에서 내 머리를 콱 쥐어박는 것이었다. 나도 모르게 울컥했다. 속으로 우리 엄마도 나를 안 때리는데…… 하고 생각하며 손님들 다 들으란 식으로 "머리는 왜 때리는데요." 하고 받아쳤다. 그러자 실장이 나를 노려봤다. 나는 괜히 더 대들었다가는 안 되겠다 싶어서 그냥 무시하고 주방 안으로 쏙 들어갔다. 근데 실장이 막 소리를 지르며 "가시나야, 니 지금 뭐라 했노?" 하면서 주방 안으로 팔을 걷어 올리며 들어왔다. 난 너무 어이가 없었다. 잘못한 것도 없는데 갑자기 맞았고, 그것도 손님들이 다 보는 데서 소리를 꽥 지르며 나를 들들 볶는데 이때까지 잔소리 듣고 자기 기분 안 좋으면 괜히 시비 붙이고 하던 거 다 참아 가면서 일했는데 오늘은 정도가 너무 지나치단 생각이 들었다. "야 이 가시나야, 일하기 싫으면 나가라" 하며 나를 노려보는 실장에게 알겠다고 맞받아치며 앞치마를 벗던지고 울면서 나와 버렸다.

그리곤 바로 지하철에 몸을 실었다. 앉아서 종이와 펜을 꺼내서 시급 계산을 하기 시작했다. 울면서 콧물을 킁킁거리니 사람들이 다 쳐다봤다. 나는 신경 쓰시 않고 시급 계산을 계속했다. 첫 달 시급 2600원. 지금까지 며칠 일했으니 어쩌고저쩌고…… 혼자 중얼거리다 보니 눈물이 더 났다.

"이걸로 학비가 되겠나, 무슨……."

엄마에게는 우는 모습 보이지 말아야지…… 오늘 일은 어떻게 설명하지……. 혼자 중얼거리며 문을 열자 엄마가 왜 지금 왔노? 하고 묻는다. 갑자기 눈물이 핑 돌았다. "엄마, 실장이 내 머리 때리더라" 엄마를 보니 또 어린애가 되고 말았다. 일하는 거 재밌다고, 할 만하다면서 나도 내 학비 정도는 내가 벌어야 하지 않겠냐며 큰소리 떵떵거리던 내가 오늘 일에 엄마에게 펑펑 울어버렸다. 엄마가 화를 냈다. 그리고 바로 내가 일하는 가게에 전화를 했더니 주간실장은 벌써 퇴근하고 야간실장님이 전화를 받아 엄마에게 대신 미안하다고 그랬다. 야간실장님이 나를 바꿔 달라고 해서 받았더니 "시윤아, 그래서 지금까지 울고 있었나?" 하고 물었다. 나는 아무 대답도 없이 그냥 울고만 있었다. 너무 서러웠다. 펑펑 우는데 내가 아직 어린 거 같았다. 태어나서 처음으로 해 보는 일이었는데 항상 엄마도 남의 집 돈 벌기가 쉬운 게 아니라며 꾹 참고 눈치 잘 보고 약아빠진 짓 하지 말라고, 그래서 난 쉬지 않고 돌아다니며 실장이 잔소리하고 괜히 시비 걸어도 웃으면서 넘겼는데 머리를 콱 쥐어박히고 나니 그 일에 내가 이렇게 울고 있는 건가, 하는 생각이 들었다. 하지만 그래도 이건 아니다 싶다. 이담에 회사를 가든 어딜 가든 일을 못 하면 짤리던가 하겠지만 여기는 정직원도 아니고 아직 스무 살도 안 된 애들 시급도 적게 주고 일 시키면서 괜히 자기 기분 나쁘면 애들한테 뭐라 그러고 거기다가 손찌검까지 했으니…… 엄마도 너무 속상해했다. 엄마가 울면서 집안 사정이 안 좋아서 나를 이런 데 보내는 거 너무 미안하다고 그랬다. 나는 웃으면서 괜찮다고 했다. 야간실장님이 울지 말고 나올 수 있으면 내일 나와서 일하라고 그랬다. 자존심은 상했지만 엄마도 속상해하고 그래서 괜찮다고 말하며 그 담날 가게에 갔다.

실장이 가식적으로 웃으며 "못된 가씨나, 어제 그렇게 갈 땐 언제고." 그런다. 짜증이 났다. 그래도 웃으며 "어제 그냥 그렇게 무책임하게 가서 죄송해요, 실장님" 하고 말했다. 그랬더니 "가서 앞치마나 입어"……그걸로 끝이었다. 절대로 자기가 머리 때린 거에 대해서는 사과하지 않았다. 아, 지금도 주간실장 생각하면 화가 치밀어 오른다. 자기 딸이라도 그렇게 했을까? 그러나 살아가면서 이런 일 겪은 게 그래도 나에게 도움이 될 거라고 생각한다. 세상이 그렇게 호락호락한 곳이 아닐 테니. 이제 주간실장하고 마주칠 일은 없고 놀토 때마다 야간에 가서 열심히 일해야겠다. 집에 도움도 쫌 되고, 니도 일하면서 단골손님이 생기거나 하면 기분이 좋고, 사람 만나고 하다 보면 다른 생각도 알게 되고 재미가 있다. 쫌 철이 드는 거 같기도 하고. (2006. 11)

이 글은 한번에 제 감정을 쏟아 놓듯이 휘몰아 썼다. 입을 앙다물고 가끔 코를 훌쩍이며 쉬지 않고 쓰던 시윤이 모습이 떠오른다. 그렇게 열중하며 무엇을 하는 모습을 처음 봤다. 글은 이렇게 마음에 맺힌 아픔을 풀어내 주고, 좀 더 성숙해 가는 발판이 된다.

"시윤아, 너 염도 하니?"
왁자하던 술자리가 한순간 조용해진다. 시윤이에게 시선이 모였다.
염殮이란, 시신을 향 물로 닦아 깨끗이 한 뒤 수의로 갈아입힌 다음, 고운 베로 싸는 일이다. 이런 일을 직업으로 하는 사람이 아니라면 평생 볼 수도 없는 일이다. 그런데 시윤이는 스스로 장의학과를 졸업하고 장의사가 되었다. 시윤이는 생긋 웃더니 그게 뭐 대수냐 듯 말한다.

"예 선생님. 하죠, 그게 제 전공인데요. 망자 얼굴 메이크업도
해 주고요."

"안 무섭나?"

'아! 저 눈치 없는 새끼'

아이들 눈총이 주석이한테 쏟아진다. 내가 얼른 다른 말을 꺼
낸다.

"야, 시윤아, 그걸 글로 쓰는 거야!"

"으악~~~~ 저 노므 글쓰기."

눈총은 내 몫이 되었다. 지지 않고 한 걸음 더 나가 보았다.

"그 일을 하면 생각이 깊어지겠어……."

"예, 정말 그래요. 살고 죽는 것에 대해 생각을 많이 하게 돼
요."

"야. 그걸 그냥 무심하게 흘려보내지 말고 글을 써야지……."

졸업한 지 10년이 다 돼 가는 어느 날, 시윤이가 주선해서 만난
자리였다. 그리고 또 3년이 지났다. 시윤이는 틀림없이 몇 장
면이라도 글을 써 두었을 것이다.

5

순 간 에   낚 아 챈

우 리 들   이 야 기

어지간히 글을 썼다. 이젠 마음을 움직이는 일이 생기면 '이걸 글로 써 두어야 하겠구나' 하는 생각을 하게 되었다. 이래서 공책에 글이 쌓이고 청춘은 빛난다. 빛날까? 아! 빛나기를 기다리며 글쓰기를 해 왔지만 바람은 번번이 무너진다. 생활의 대부분을 학교에서 보내야 하는 아이들에게 학교는 즐거움을 주기보다 아픔을 많이 주는 듯하다. 가장 아픈 부분이 입시 경쟁이다. 이것 때문에 갈등하고 고민하게 된다. 산에 나무도 햇빛을 찾아 서로 경쟁을 한다는데 인간 세상에 경쟁이 없을 수 없다는 말도 옳은 듯하다. 하지만 그 경쟁의 기준은 누가 만들었나? 학교에서는 왜 영·수·국의 점수만 가지고 줄 세우는가? 우리는 왜 주어진 잣대 앞에 아무 말 못 하고 주눅이 들까? 그러나 우린 이런 문제를 고민할 힘이 없다. 다만 그 잣대 앞에 허덕일 뿐이다. 그래도 요즈음은 학교가 많이 나아졌다. 주마다 치는 시험 점수를 이름과 함께 순서대로 써 붙이던 폭행은 없어졌다. 그러나 점수와 이름은 아이들 마음속에 이미 들앉아 있다. 부모님의 마음도 마찬가지다.

이런 형편인데도 아이들은 신통하게도 고통을 이겨 내고 건강하게 자라고 있다. 한 겹만 벗겨 내면 피어린 아픔이 도사리고 있지만 희한하게도 생기를 잃지 않는다. 자연만 자정 능력이 있는 것이 아닌 모양이다.

비슷한 형편 비슷한 나이 아이들은 끼리끼리 이야기 나누며 친구의 말에 막힌 가슴 열고 숨을 쉰다. 교육의 문제점을 알고도 당장에 구조의 톱니를 거스를 수 없는 교사들은 교과서를 잠시 덮고 아이들의 벗이 되고 숨통이 되어 준다. 사랑을 나눌 줄 아는 교사와 학생이 힘 모아 문집을 만들고 연극을 한다. 이것 또한 숨통이다. 소통만큼 좋은 숨통은 없다. 이 소통의 수단은 '이야기'이다. 이야기는 '글'이다.

그래, 그래서 글을 쓰자. 우리를 아프게 하는 것들을 낱낱이 드러내어 그 실체를 꿰뚫어 보자.

쫄지 말고 자기 보살피기

"나도 공부를 잘 하고 싶다"

석 달 남은 입시

중3 최철호

이젠 눈앞이 아무것도 안 보인다.
입시가 코, 아니라 눈까지 왔다.
이젠 큰일 났구나.
공부는 안 했는데 고등학교는
좋은 데 가고 싶고 어쩌꼬 싶으다.
부모님께서 자꾸 좋은 데 가라 하시고

196

성적은 안 되고 기가 막힐 노릇이다.
아버지께서는 공부 못하면 너 앞일이
걱정이다 하시면서 한숨만 하시고
엄마는 공부 좀 열심히 해라 하시며
한결같은 마음
입시가 발등에 떨어졌는데
어짜꼬 싶으다. (1985)

교실에 있는 듯 마는 듯, 그냥 평범한 아이가 쓴 글이다. 생전 처음 쓴 글이라고 한다. 마음 담아 쓴 글이 처음이란 말이겠지. 글쓴이는 성적이 안 좋아 걱정이 많다. 이런 걱정 안 하는 아이 없다. 다만 이 아이는 그 걱정을 글로 쓸 줄 알았다. 그것도 가슴에서 터져 나오는 말 그대로 썼다. '어짜꼬 싶은' 대책 없는 걱정! 그런데 희한하게 이렇게 쓰고 나니 속이 후련하다. 많은 동무들이 "내 맘도 그래" 공감해 주니 힘도 나고.

자기감정 드러내기가 실은 어렵다. 자기만의 미묘한 감정을 어떻게 있는 그대로 전달할까? 이럴 때는 가슴속에서 들끓는 말을 날것 그대로 드러내 버리는 게 가장 좋다. 그 말들은 최소한 진실할 것이기 때문이다. 좀 더 그럴싸하게 보이기 위해 고심해서 찾은 말을 덧붙여 꾸미고 비틀고 바꾸다 보면 자기도 모르게 윤색된 글에 도취되어 버린다. 글쓴이 자신은 그럴싸하다 생각하지만 정작 다른 사람들은 무슨 말인지 모를 글이 된다.

입시가 발등에 떨어졌는데 이짜꼬 싶으디.

준비는 미처 다 하지 못했는데 그새, 입시가 코앞에 닥쳤다. 그 때 느끼는 감정을 표현한 말 가운데 이 말만큼 절실한 말을 나는 아직 만나지 못했다.

시험

중1 정대호

오늘은 시험이 있는 날이다. 그러나 나는 시험을 친다고 말하지 않았다. 시험을 못 쳐서 맞는 것이 두려웠기 때문이다. 아침 일찍 학교에 와서 시험공부를 하는 둥, 마는 둥 하다가 시험을 치게 되었다. 시험지를 받아 본 순간 눈이 아찔하여 앞이 콱 막혔다. 첫째 시간은 수학이기 때문이다. 내가 가장 싫어하는 수학, 그리고 가장 못하는 수학. 나는 수학 시험을 "빵점만 안 먹으면……." 하는 마음으로 가까스로 치르고, 다른 과목은 그런대로 쳤다.

학교를 파하고 집으로 갈 때, 나는 곰곰이 생각했다. 이렇게 일찍 가면 의심받을 거라고……. 그래서 바다에서 조금 있다가 가기로 했다. 바다에서 놀다 보니 금방 시간이 지나갔다.

힘없이 집으로 돌아오면서 내 자신이 한심한 생각이 들었다. 집에 오니, 형이 낌새를 차린 듯이 "니, 시험 언제 치노?" 이렇게 말했다. 나는 무서워서 그냥 떨고만 있었다. "니, 통신표 받아 와서 보자." 이렇게 형이 말했다.

그리고 날이 지나 토요일이 되었다. 학교 수업을 마치고 집으로 가려는데, 통신표를 나눠 준다고 했다. 나는 막 떨렸다. 통신표를 받아 보니 한숨만 자꾸 나왔다. 집에 가니 형이 통신표를 가져오라고 했다. 나는 통신표를 줬다. 그때부터는 지옥과 같았다.

"퍽, 아이고, 찰싹, 퍽퍽, 이게 뭐시꼬, 퍽, 또 이래 받아 올래?"

"인자부터는 잘 하께예."

"빨리 공부 해" 하며 나갔다. 나도 공부를 하려고 해도 그게 마음대로 되지 않았다.

"잘~~~ 했다. 꼴찌 안 한 게 다행이다"

엄마도 이렇게 비꼬며 말씀하셨다.

나도 공부를 잘 하고 싶다. (1984)

처음 이 글을 받아 읽을 때, 나는 한참 눈물을 흘렸다. 중학교 1학년 때부터 시험 점수 때문에 이렇게 가슴 졸이고 구박당하며 살아가야 하는 우리 아이들! 불쌍하고 안타깝다. 더욱이 맨 끝 문장,

나도 공부를 잘 하고 싶다.

이 말이 너무나 절실하다.

이렇게 사람 마음을 흔들어 놓는 것이 글의 힘이다. 자기의 어려운 삶을 숨김없이 드러낼 때 글은 감동을 주게 마련이다. 물론 노력을 안 해서 좋은 성적을 받지 못한 것이 자랑은 아니다. 그러나 이 아이가 자기 삶을 숨기고 "앞으로는 시험 잘 쳐서 부모님을 기쁘게 해 드리겠다"고 입에 발린 맹세를 하거나, "시험은 괴로운 것, 시험아 없어져라" 하고 푸념만 늘어놓았다면 감동이 있을 리 없다. 시험을 앞두고 자기가 한 행동, 그 후의 이야기도 그대로 자세히 털어놓았다. 이 때문에 우리는 이 아이의 마음까지 훤히 알 수 있다.

*고쳐야 할 곳
①"학교를 파하고……"보다는 "학교를 마치고……" 하는 것이 좋다.

되도록 쉬운 우리말을 써야 알아듣기도 쉽고 우리말을 잃어버리지 않을 테니까.

②"니, 시험 언제 치노?" 이렇게 말했다.
"니, 통신표 받아와서 보자" 이렇게 형이 말했다.
여기서 따옴표 뒤에 "이렇게 말했다" 하는 말은 안 써도 된다.
이미 따옴표가 "이렇게 말했다"는 뜻을 담고 있으니까.

모범생

고3 이주영

같은 또래 유학 갔던 사촌이 방학이랍시고 한국으로 왔단
다.

"컴퓨터 앞에 멍하게 있지 말고 사촌들 모임에나 가자. 이
놈아."

차를 타고 가는 도중

"방학 되면 사촌한테 영어나 배워라."

웃어넘기는 나.

어색한 웃음으로 사촌과 인사하고 밥을 먹는 자리였다.

자기 딸은 교대생이니 특목고니 하는 고모 고모부들.

나의 차례가 왔다.

우물쭈물하는 순간 아버지가

"그놈 고등학교 졸업하고 삼성에 간답니다.

내 퇴직도 얼마 안 남았다고……."

말에 맞추어 빙그레 웃어가며 모범생을 연기했다.

아버지에게 굴욕적이었을 그 순간이 지나 돌아가는 차 속.

"기죽을 거 없다.

그래, 공부만 해서 돈 많이 벌어지는 기 아이다."
대답 없이 MP3를 들으며
뒷좌석에서 뒤를 돌아 눈으로 그 울분을 토하고 있었다.
(2006. 6)

경쟁은 가까운 사람부터 적으로 만든다. 그래서 사촌이 논을
사면 배가 아픈 법이다. 집안사람들이 모이면 어른들은 꼭 또
래들을 견주어 본다. 잘 노는 아이들 마음에 경쟁의 불을 지피
든지 우열을 가리려 든다. 이런 마음을 바탕에 깔고 살아가는
세상에 우애와 사랑이 자랄 수 있을까. 속 깊은 말 한마디 나누
어 보지 못하고 아이들은 늘 마음에 금을 긋는다.
아버지도 열등감으로 화가 치미는 모양이다.

"기죽을 거 없다.
그래, 공부만 해서 돈 많이 벌어지는 기 아이다."

아버지 이 말이 공허하게 들리기도 하고, 그의 가치관이 걱정
스럽기도 하다. 돈만 많이 벌면 사촌보다 나은 사람이 된다는
말인가?

저녁 식사

고3 강훈석

모처럼 온 가족이 모여 식사한다.

아버지와 형이 어려운 이야기를 한다.

이야기에 끼어들지도 못한다.

갑자기 아버지가 나에게 물어본다.

"저는 그런 거 몰라요."

"공고가 그렇지."

'인문계는 다 알고 있나?'

이런 말을 듣고 작아지는 내 자신이 싫다. (2006. 6)

"이야기 자리에서 어떤 사람이 철학이나 사회 문제 같은 것을 괜히 어렵게 말하며 잘난 체하거들랑 너희들은 '에어컨이 왜 시원한 바람을 내는지 아느냐?'고 물어봐라. 토끼가 거북이에게 산에 먼저 오르는 내기를 걸 때, 거북이는 바다 가운데 저 섬까지 누가 먼저 가는지 내기를 걸어야 한다. 뭘 좀 모른다고, 영어 좀 못한다고 주눅 들지 마라. '나는 내 식으로 살아간다'는 자존심부터 세워라. 그리고 알아야 할 무엇이 있다면 필요한 그때 공부하면 될 것 아니냐. 이런 자존심을 길러 주는 것이 글쓰기다."

친구 중에 나
중2 김정도

내 친구들은 공부를 잘한다.
물론 영어도 잘한다.
내가 오락실에 있을 때
내 친구들은 오락기계에 있는 영어를 잘 읽는다.
나는 생각을 한다.
만약 나한테 저 영어를 물어보면 어떡하나 하고 겁이 났다.
(1985. 5)

정도는 그지없이 착하다. 청소를 할 때면 구석진 곳은 늘 정도
가 도맡아 한다. 못된 아이들은 정도에게 제 가방을 맡기기도
한다. 정도는 아무 불평 없이 그 가방을 들어다 준다. 그런 정
도가 불쌍해 보일 때가 있다. 그런데 이 시에서도 정도는 어쩌
면 이다지 불쌍한가. 이런 아이들이 어른이 되면 그 진정이 통
할까? 착한 어른으로 존경받으며 불편 없이 살 수 있으면 좋을
텐데, 세상이 그렇지 못해 걱정이다.

아빠와 나

고3 변규석

2006 녹일 월드컵

우리 가족은 축구를 보고 있었다.

뜬금없이 아빠가 내게 말했다.

"니 학교 공부 열심히 하고 있나?"

"잘 하고 있다."

"맨날 잘한다 잘한다 말만 하고

좋은 대학 갈라믄 그렇게 해가꼬 택도 없다."

맞는 말이지만 왠지 화가 나서 큰소리로 말했다.

"좋은 대학 갈라고 진학반 갔지, 취업할라고 진학반 갔겠나!"

"이 자슥이 어디서 큰소리고, 니가 천날만날

컴퓨터 오락이나 처하고 있으니깐 그라지!"

그 말을 듣고 나니 다시 할 말이 없다.

엄마는 조용히 통닭만 먹고 있다.

아빠도 그 뒤로 아무 말도 하지 않았다.

그날 밤

토고에게 이긴 축구 경기를

우리 가족은 침묵 속에서 보았다.

206

다음 날
잠에서 깨어나 방을 나오니
"잘 잤나?"
라는 말과 함께 웃으며 아침 인사를 해주는 아빠를 보았다.
(2006. 6)

아버지와 아들의 대화가 얼마나 리얼한지, 그중에도 '오락이나 처하고 있으니깐' 이 말이 압권이다. 그냥 오락을 하고 있는 게 아니고 '처하고' 있다는 말. 아버지의 감정이 '처'란 말에 진하게 묻어 있다.

이야기가 끊어지고 어색해진 분위기. 아들은 더 이상 할 말이 없고 아버지도 입을 닫았다. 엄마도 분위기에 눌려 말없이 앞에 놓인 통닭만 뜯고 있다. 우리나라가 골을 터뜨렸는데도 만세 한 번 부르지 못하고 침묵……. 그 모습이 너무나 코믹하다. 그 소리 생생히 들리고 그 표정 환히 보인다. 몇 번을 읽어도 읽을 때마다 웃음이 난다.

입시 경쟁으로 생긴 갈등도 이 집처럼 가볍게 지나갔으면 좋겠다. 다음 날 아침 아버지 모습을 보라. 내 머리가 다 시원하다.

학교생활이 슬플 때
고1 한준엽

우리 반 뒤 게시판이 있다
그 게시판에는 공부 잘 하라는 교훈만 가득하다
우리에게 무엇을 요구하는 것일까?

초등학교 때의 꿈은 잊은 지 오래다
오직 수치관계로 따지는 학생훈련이
슬프다.

철창 없는 감옥을 누가 만들었는가?
우리가 변하지 않아서이다.
우리가 미천해서이다.
왜 우리는 변하지 않고 머물고 안주했는가?
철창이 없어서이겠지

비 오는 날 우울하고
밝은 날 활짝 핀 꽃은 우리가 아니다
아니 우리는 우리를 잊었다. (2007. 12. 26)

한준엽은 입시 경쟁이 심한 학교에 다녔다. 자기 자신은 그런 경쟁 구조에 휘말리지 않으려 했지만 온전히 자유로울 수는 없었을 것이다. 그러니 학교생활이 즐겁기는커녕 '슬플 때'가 많다. 이 시에서 주목할 곳은 3, 4연이다. 이를 풀어 보자.

①학교를 철창 없는 감옥으로 만든 것은 다름 아닌 우리 자신(학생)이다.

②우리가 학교를 변화시킬 만한 힘을 기르지 못했고, 보잘것없는 존재이기 때문에 우리의 삶터를 이 지경으로 만든 것이다. (프랑스 고등학생을 보라!)

③그런데 우리는 왜 변화, 발전하지 못했을까?

④그것은 철창이 없었기 때문이다. 감옥에 가두어 놓고도 철창을 없애 놓으니 갇힌 우리들이 스스로 갇힌 줄 모르고 감옥살이에 적응하고 안주하게 된 것이다

⑤끝내 우리는 본래 우리 모습이 어땠는지를 잊어버리고 말았다.

학교생활의 절망을 말한 이 시를 두고 나는 오히려 희망을 갖는다. '우리는 우리를 잊었다'는 사실을 명심하자. 그래야 우리 본래 모습을 되찾을 수 있다. 이런 시를 쓰는 친구가 있는 한 우리는 희망을 버릴 수 없다.

순간에 반짝 스치는 느낌 잡기

"난 머리맡에 메모장을 두고 자"

말

고1 원미림

하고 싶은데 하지 못하는 건
정말 답답하고 슬프다.
특히 그 사람에겐 더…… (2004. 9. 9)

아…… 무척 사랑하는구나…….
짝사랑의 아픔이여!

성훈이

고1 이민수

방학 끝
누군가 내 앞을 지나간다.
우리 반 아이다. 이름을 까먹었다.
묵묵히 3일을 기다렸다.
"성훈이!" 신지가 그 애를 불렀다.
아! 성훈이를 찾았다. (2004. 9. 9)

나도 꼭 이런 일 있었다. 많은 사람들이 이런 경험을 한다. 그런데 이렇게 시로 나타낸 사람은 드물다. 이름을 기억해 낸 것을 두고 "성훈이를 찾았다"고 하니 그 반가움이 더 환히 느껴진다. 빛나는 말이다. 시를 잘 쓸 사람이다. 말의 느낌을 직감으로 아는 사람인 듯!

그 애

고1 석수빈

그 애를 보면 웃음이 난다
짜증나고 우울하다가도 행복해진다.
그 애를 보면 심장이 뛴다.
그 애는 잘 웃지도 않는다.
그 애가 통화하다 웃었다.
여자 친구란다. (2004. 9. 9)

아…… 아파라…… 수빈아, 우짜면 좋노…….

답이 없다

고2 강만수

8시 반에 일어났다.

귀찮아서 가방은 안 멘다.

교문 앞에 오니까 9시다.

선생님이 벌점 주고 있다.

나갔다 들어오는 거라고 했다.

속았다.

교실에 들어와서 내 자리 앉으면 잔다.

계속 잔다.

일어나면 점심이고 또 자면 청소시간이다.

이제 보충 째고 알바 가야지.

집에 가면 게임이나 하겠지.

그리고 잠은 내일 또 학교 와서 마저 잔다.

나는 고2인데,

답이 없다. (2012. 10)

문득 '답이 없는' 자신을 발견한다. 그러나 답이 없다고 말하는 그 순간이 답을 찾아 눈을 뜨는 때다. 생각의 범위를 성적에 한정할 것이 아니라 전 인생으로 넓혀라. 학교란 틀을 깨트릴 때가 왔다.

여자 동창생
중2 양명철

학교에 오는 길에 동창생을 만났다.
민혜였다.
동창생이지만 선뜻 말은 나오지 않았다.
살며시 나를 보고 웃는 모습이
조금은 반갑고 쑥스러웠다.
그래도 남자라고 먼저 말을 해 볼까?
한참 생각하면 어느새 뒷모습만 바라본다.
집에 와서 생각하면
다음에 만나면 말해야지
아니, 오랜만이라고 말할까
아니지 악수라도 해야지.
아…… 아니야 이름이라도 불러야지.
이렇게 동창생을 만나고 나면
얼얼하니
내 마음을 모르겠다. (1985)

이성에 눈 뜨는 이팔청춘이로세. 30년 전 중학생 글이다. 요즘
아이들이 이 시를 읽고 뭐라고 할지 궁금하다.

친구 김상록
중2 박청

아침에 오자마자
뒤로 돌아보며 '뭐 지가 본 여자는 어떻고' 등
입을 하루 종일 놀려대는 상록이.

노는 시간의 절반 정도는
거울 앞에 가서 지낸다.
머리를 빗고 모양을 내다가
교무실 누나가 지나가면
쏜살같이 달려가 한번 부딪히고
돌아오면서
우리에게 승리의 웃음을 띠어 보낸다. (1985)

이런 행동은 성희롱으로 볼 수 있다고 걱정하는 분이 있다. 그
러나 나는 한창 이성에 관심을 가지는 나이에 할 수 있는 치기
어린 짓으로 이해가 된다. 바로 그것이 남성 위주의 생각이라
못 박는다. 그렇겠구나 싶다. 하지만 나는 이 시를 싣기로 했
다. 쉬는 시간 아이들의 왁자한 웃음소리와 함께 상록이의 귀
여운 모습이 떠오르기 때문이다.

개

고3 박경욱

친구가 개를 샀다길래
친구 집에 놀러 갔다.
암컷이었다.
"암컷이 더 비싸다 아이가, 수컷 사지 그랬노?"
"개라도 여자랑 있고 싶었다."

친구도 울고
나도 울고
개도 울었다. (2007. 11)

공고 3학년 취업반 11월의 교실을 아시는가. 9월부터 너덧 명
씩 취업이 되어 빠져나가고 11월이면 남은 사람이 없어야 하는
교실인데 작년부터는 11월에도 스무 명 가까이 남아 있다. 오
전 내내 영화를 보거나 기묘한 자세로 좁은 책걸상에 몸을 뉘
어 잔다. 담당 교사도 속수무책이다. 설령 수업 프로그램이 있
다고 해도 함께할 친구도 들어 줄 친구도 없다. 나중에는 아이
들이 널브러지기 시작하는데 그런 와중에 한 아이가 낙서처럼
시를 쓰고 있었다. 받아 읽는다. 웃음이 나긴 했지만 처절하다.

이토록 펄펄 끓는 가슴 지닌 청춘들에게 주어야 할 것은 오직
일을 할 자리!
하루 일을 끝낸 청춘들은 사랑을 나눌 것!
그 힘으로 내일도 모레도 저 먼 내일까지 일하고 사랑할 것!

등굣길
고3 박준규

아침 7 : 30
아침 인사도 제대로 못하고 집을 나와
무작정 지하철을 타러 개금역으로 뛰어갔다.
헉헉헉……
7시 42분, 휴……
이번에 오는 지하철만 타면 된다는 생각에
안심하고 걸어 내려가는데
지하철이 서는 소리를 듣고는
또 정신없이 뛰어 하나로 카드를 찍고
에스컬레이터를 타고도 펄떡펄떡 뛰어 내려가는 중
에스컬레이터 통로만 한 구루마를 등지고 계신
할머니와 마주쳤다.

조금만 더 내려가면 되는데
아! 출발하는 소리가 들린다……
그리고 마음속으로 할머니를 원망했다.
잠시 후 지하철을 타고
동의대 지나 가야쯤 갔을 때
노약자석에서 들리는 소리.
"살아서 머 하노. 젊은 사람들한테 피해나 주고……"
"그래 제발 빨리 죽어야 할 낀데……"
그 말을 듣고 보니
주름진 얼굴에 보기만 해도 거친 손
그리고 옆에는 구루마.
그 순간 얼굴이 빨개지고 가슴이 답답해졌다. (2006. 6)

좁은 에스컬레이터에서 할머니에 가로막혀 지하철을 놓쳤다. 다음 차는 4~5분 더 있어야 온다. 억울하고 짜증이 날 법도 하다. 더욱이 선생님들이 벌을 주며 하는 말을 떠올리면 화가 치민다. "그러니까 10분 일찍 집을 나서라고 하지 않았나……." 잠시 후 그 할머니, 준규가 속으로 원망한 걸 눈치챘나. 그만 자기 늙음을 한탄한다. 준규는 할머니를 원망한 자신이 부끄러워 가슴이 답답할 지경이다.

앞질러 가지 못하겠다

중2 강문준

"다녀오겠습니다."

산할아버지 구름 모자 쓰고……

나는 콧노래를 부르면서 학교에 간다.

우리 학교 3학년 형 중 하체가 소아마비인 형이 있다.

그 형은 "잉야잉야 휴" 하며

목발을 짚고 학교로 간다.

내가 등교할 때면 그 형은 항상 내 앞에 있다.

나는 그 형을 앞질러 가지 못하겠다.

그 형은 도대체 몇 시쯤에 집을 나왔을까. (1984)

배려와 사랑이 가득한 문준이는 아름다운 아이다.

30년이 훨씬 지난 2017년에는 장애아 학부모들이 동네 주민들에게 무릎 꿇고 간청했다. 이 동네 곁에 특수학교를 지을 수 있도록 허락해 달라고…… 특수학교를 혐오 시설로 내몰지 말아달라고…….

스모 선수와 성인용품점
고1 양정욱

너위에 시쳤나.

지하도에 가면 시원하겠지.

예상대로 시원하다.

앉아서 쉬다가 슬슬 집으로 가려 하는데

옆에 덩치가 스모 선수만 한 형이 다가오고 있다.

동물적 본능으로 돈 뺏으러 온다는 불안감에 휩싸였다.

난 쫄았다.

싸울까?

덩치가 너무 크다.

돈 줄까?

아깝다.

도망가자.

역시 내 옆에 앉아 "마"라고 나를 부른다.

"닥치라" 하고 도망가기 시작한다.

'닥치라'에 열 받았는지 스모 선수도 뛴다.

더럽게 빠르다.

지하도에서 나왔다.

안 보인다. 간 줄 알았다.

아니다! 아직도 따라온다.

또 뛰기 시작했다.

잡힐 것 같다.

앗, 스모 선수가 바로 내 뒤까지 왔다.

등에 스모 선수의 손길이 느껴진다.

미치겠다.

그때 내 발에 스모 선수가 걸린 것 같다.

뒤를 보고 옆을 봤다.

성인용품점이다.

아무 생각 없이 들어갔다. 숨기 위해서.

성인용품점에는 사람이 없다.

다행이다.

그리고 진열대를 둘러보았다.

십 분쯤 있다가 슬그머니 나가봤다.

스모 선수가 없다.

살았다.

한편으론 고맙다.

성인용품점 구경하게 해줘서. (2004. 9. 10)

아주 짧은 문장들로 이어진 글이 장면을 생생하게 드러낸다.
짧은 문장들에서 뿜어져 나오는 생동감!

친구 송별회

고1 최정호

이제야 마음잡고
인문계로 가기 위해
창원으로 전학 가는 내 친구

우리는 송별 술을 마셨다.
양껏 퍼마시고
내일이면 전학 가는 내 친구
자기도 괴로워 너무 많이 마셔
토를 하다 신발에 많이 튀었다.
닦아주려고 휴지를 찾는데
규철이는 물로 씻어 내리며
손으로 턴다.

"하지 마라. 괘안타."
"괜찮다, 인마,
친구 토는 하나도 안 더럽다."

휴지 찾던 내 손이

뚝 멈추어졌다. (2004. 9. 9)

사람들은 온갖 욕을 하겠지.

"고등학생들이 술을 처먹고 비틀거리질 않나……."

그런데 난 너희들이 점점 더 믿음직스러워.

이 시를 봤기 때문이겠지?

이런 시 안 읽어도 믿음을 가지고 너희를 볼 줄 아는 어른이 돼
야 할 텐데.

지각

고1 조정민

일어난 시각은

아침 7시 50분.

완전한 지각이다.

기왕 이렇게 된 거

천천히 가볼까.

평소 안 먹던 아침밥을 먹고

천천히 집을 나선다.

오늘따라 유난히 선명

참새 소리

붉은 낙엽들.

산책로를 걸으며

아, 쌀쌀하니 가을이 왔구나,

하면서 도착한 학교.

오늘따라 유난히

배가 덜 고프고

덜 피곤하더라. (2013. 10)

모두들 달려갈 때 느긋이 걸어 보라.

달리는 아이들이 못 보는 귀한 것들을 만나리라.

지각으로 마음이 허둥허둥할 텐데 오히려 여유를 부려 보는 정민이!

아, 그렇지. 이렇게 지각을 누려 보시라!

9시 등교를 반대하는 교사와 학부모들은 이 시를 어떻게 읽어 낼까?

라면

고1 정현철

점심시간 끝나기 15분 전
친구와 라면 먹으려고
라면을 샀다.
돈이 없어 라면 한 개로
네 명이 나눠 먹는다.

친구보고 먼저 먹으라며
난 마지막에 다 먹는다고 한다.

드디어 내 차례
한 젓가락 먹는 순간

"야, 뛰어라, 종 쳤다."
난 그 맛있는 국물도 건더기도 반도 못 먹고
뛰었다.

교실에 들어온 순간 친구가 웃으며
"빙신, 그걸 속나."

머릿속에 등나무 아래 놔두고 온 라면 생각.

내. 라. 면. (2004. 9. 10)

절로 웃음이 난다.

이 녀석들 아마 종일 무슨 장난을 칠까 연구하고 있을 거다. 이
런 재미로 지겨운 학교생활 견디는 것이겠지.

169-1

고1 장남민

학교 갈 때

169-1 버스가 온다. 아웅다웅 먼저 타려는 사람들의 신경
전이 시작된다. 나는 이리 치이고 저리 치이다가 끝으로 밀
려난다. 드디어 내가 발을 올리려는 그때 버스 운전기사 아
저씨는 오라 가라 말도 없이 문을 닫고 가버린다.

-그때의 기분이란.

집에 올 때

169-1 버스가 온다. 여유 있게 타서 자리 하나 잡는다. 창
밖을 보며 MP3의 꼬인 이어폰 줄을 푼다. 그리고 집에 가면
무얼 할지 행복한 상상을 한다. 집을 일곱 정거장 정도 남기
고 있는데 앞에 서 있는 아가씨가 째려본다. 왜지? 의문을
가지며 주위를 돌아보는데, 그때! 꼬부랑 할머니가 짐을 들
고 내 옆에 서 있다. 난 몰랐는데…… 정말로 모르고 있었
는데……

뒷문이 열리고 부끄러운 마음에 난 재빨리 내린다. 여섯 정
거장을 앞두고. 난 다음 버스를 기다린다.

-그때의 기분이란.

학교 갈 때

169-1 버스가 온다. 난 막 정거장에 도착하려는 참이었다. 버스는 날 지나치는가 싶더니 신호등에 걸린다. 아싸! 졸라리 뛴다. 헉헉거리며 문이 열리길 기다리는데 유리창 너머의 운전기사는 날 슬쩍 보고는 그냥 가버린다.

-그때의 기분이란.

집에 올 때

169-1 버스가 온다. 오늘은 학생이 많다. 아, 오늘은 앉아서 못 가겠군…… 싫었는데 버스가 내 코앞에 바로 선다. 아싸! 하핫! 힘차게 계단을 밟고 카드를 찍었다. "금액이 부족합니다."

-그때의 기분이란. (2004)

일상생활에서 스쳐 지나가는 사소한 일들, 그 일에서 느끼는 소소한 감정들을 놓치지 않고 잘 붙잡았다. 사람들이 어떤 일을 당하여 느끼는 감정은 비슷한 경우가 많다. 다만 누가 그것을 잡아 두느냐, 잡되 얼마나 자세하고 실감 나게 잡느냐가 생활 글쓰기의 열쇠이다

하고 싶은 말, 해야 할 말

"거봐, 너희들 글이 얼미니 당당한지"

학교가 뭐길래

고2 오영식

매점에서 라면 하나 먹고
교실로 가던 중
어떤 선생님 한 분이 나오셨다.
저번에 머리 지적했던 선생님.
애써 모른 척했다.
"야, 너 일로 와 봐."

"네? 저요?"

"그래, 따라와."

아, 머리가 복잡했다.

어떤 사무실로 들어간다.

가위를 꺼낸다.

"숙여." 겁이 났다.

바닥에 머리카락이 떨어진다.

멍하니 바라봤다.

"됐어, 가."

다리가 풀려 쓰러질 것 같다.

담 튀어 가며

도망 다녀가며

새벽 등교해 가며

버텨온 머린데

아무 생각 없이 교실로 갔다.

아무도 없다.

조용하다.

자리에 가서 엎드렸다.

도대체 학교가 뭐길래

주먹을 불끈 쥐고

조용히 잠이 들었다. (2005. 5. 13)

"교실로 돌아갔을 때, 어째 아무도 없이 교실이 조용했어?"

"그때 전체 조례하고 있었거든요. 조례 때 두발 검사한다 소문이 있어 쨌더마는……."

그날 두발 검사는 없었다. 나는 우스워 웃고 영식이는 억울해 웃었다.

"그럼 맨 앞에 '전체 조례 째고'를 넣었으면 의문이 안 생기지."

"조례 쨌다 하면 더 나쁜 놈 되잖아요. 그래도 넣는 기 시에 좋겠네예."

"도대체 학교가 뭐길래 할 땐 한판 할 기세구만……."

"우아! 그때 심정은 한판 하고 싶었어예. 그런데 뭘 어쩔 수가 있어야지예. 주먹 꽉 쥐고 책상은 쳤는데 일어나 보니 내가 자고 있더라고예……."

강제로 머리를 잘린 영식이는 '다리가 풀려 쓰러질' 정도로 상처를 받았다. 아! 도대체 학교가 뭐길래 아직도 사람 머리 모양을 가지고 시비인가. 두발 자율화? 이 말마저 뒤처진 생각이다. 두발에 무슨 자율이 있나? 그냥 제 알아서 하면 그만이지. 나는 학생 인권의 잣대는 머리 모양에 대한 생각이 어떤가에 달려 있다고 주장한다.

오토바이, 그 짜릿한 맛

고2 최찬호

내 시간의 가장 많은 부분을 차지하는 오토바이에 대해 쓰겠다. 내가 처음 오토바이에 관심을 가지게 된 것은 고1 추석 때였다. 시골에 내려가 큰집 큰형님의 오토바이를 타 보게 된 것이 첫 경험이었다. 그전만 하더라도 차에 대한 관심이 컸는데 오토바이를 탄 이후로 나의 관심은 바뀌게 되었다. 형님의 오토바이(일명 Love 50)는 성능이 작은 편이었지만 그때의 나로서는 대단한 것이었다. 솔직히 말해 차를 타면 시속 80km는 '잘 나간다.' 그리고 시속 100km 정도가 넘어야 '야! 좀 빨리 나간다'라고 생각을 해 왔다. 나뿐만 아니라 운전자가 아닌 탑승자들도 거의 대부분 그런 생각을 할 것이다. 그러나 오토바이는 달랐다. 성능은 약간 뒤떨어졌지만 그래도 속도감은 몸으로 느낄 수 있었기에 그 기분은 다른 그 무엇보다도 짜릿했다. 시속 30km만 넘어가도 엄청난 속도에 악셀레터를 줄이고 했던 그때가 지금도 생각난다. 아버지도 차를 사시기 전엔 여러 종류의 오토바이를 타 보셨기에 내가 오토바이를 타는 것을 반대하기보다는 권장하시게 되었다. 그렇기에 그에 대한 관심은 커져만 갔고 지금도 그 마음엔 변함없다.

아버지는 내가 면허 따기를 원하셨고 나도 바랐기에 다른 일부 아이들보다도 나는 부모님에게 떳떳하게 면허를 딸 수 있었다. 그렇게 되기까지는 아버지의 도움이 컸다. 면허도 따기 전에 아버지는 오토바이를 사 주셨다. 물론 큰 것은 아니었고 조그만 스쿠터였지만 나는 그것으로 면허 연습을 했고, 또 심부름도 했으며 하여간 다용도로 쓰였다. 그리고 현재는 125cc급의 오토바이를 타고 다닌다. 그렇다고 해서 일부 학생들이나 백수들처럼 폭주를 뗀다든지 하지는 않는다. 가끔씩 친구들과 길이 뚫린 곳에서 속력을 내기는 하지만 위험하게 타지 않는다. 하지만 일부 어른들을 제외한 거의 모든 어른들은 우리들을 나쁘게 본다. 아파트의 경비 아저씨만 해도 내가 오토바이를 타고 나가면 꼭 불량한 일을 하러 가는 것처럼 쳐다본다. 물론 일부 폭주족들 때문에 그런다는 것은 알지만 그 때문에 우리까지 그런 취급을 받는 것은 부당하다고 생각한다. 그리고 사람들은 폭주족들 사고를 매스컴을 통해 보고 모든 오토바이 운전자(학생)들이 다 그렇게 험악하게 타고 또 오토바이만 타면 죽는 것처럼 생각한다. 나는 이러한 생각을 가진 사람들을 대할 때면 한심하다는 생각이 먼저 든다. 백문이 불여일견이라고 타 보지도 못한 사람이 마치 오토바이는 다 똑같다는 식으로……. 나는 이런 사람들에게 한마디 하고 싶다. 오토바이가 위험한 건 사실이지만 자신의 마음가짐과 타기 나름이라고. 그리고 많은 이들에게 말하고 싶다. 오토바이를 타면 쌓였던 스트레스가 확 풀리게 된다고. 단 위험하게 타지 않는 한도 내에서 말이다. (1995. 3)

찬호는 자기 스스로 삶의 원칙을 세워 놓고 지키는 아이다. 멋지다. 그러니 부모도 찬호를 믿고 오토바이를 사 주었을 테고. 찬호는 세상에 이리 당당하게 자기 생각을 펼쳐 놓는구나. 찬호 같은 아이가 많은 세상을 만들어야 하는데, 이런 아이들이 세상을 꾸려 가야 하는데……. 내 보기엔 이런 아버지도 이런 아들도 너무나 드물다.

부모와 자식, 교사와 학생 사이에 이런 이해를 가지고 대화를 나눌 수는 없을까?

거짓말 안 하고 쓴 반성문

고1 강배원

2003년 9월 13일 징확히 낮 1시 24분쯤에 제가 처음으로
담배를 배우게 됐습니다. 제 친구가 피는데 호기심이 유발
돼서 가르쳐 달라고 했습니다. 그러자 친구가 오라면서 저
에게 가르쳐 주더군요 담배에 불을 들이대며 빨아라고 하
길래 그대로 했습니다. 기분은 약간 좋았죠. 저도 하면 되니
깐. 그 다음 담배연기를 삼키라고 했습니다. 저는 물 삼키듯
이 삼켰더만 눈물 범벅 콧물 범벅 되더군요. 그날 하루는 정
말 힘들었습니다. 다음날에 제 친구 한 명이 담배 삼키는 법
을 가르쳐 줬습니다. 공기를 마시듯이 연기도 마시라네요.
저는 그대로 따라 했습니다. 그날도 역시 엄청나게 머리가
아파서 바로 곯아 떨어졌습니다. 그 뒤로는 머리가 아파도
참고 기침이 나와도 참고 해가지고 어느 정도 성숙되어서
이제는 안 두렵습니다.

고1 초반 때 제가 담배를 푸려고 화장실에 들어갔습니다.
불을 붙이려는 순간 3학년 선도부 행님이 와서 저를 잡아다
가 끌고 내려가더만 엉덩이 5대 때리고 앞으로 담배 푸지
말아 하시면서 저를 보냈습니다. 사람의 욕심이란 끝이 없
더군요. 푸면 안 되는데, 안 되는데 해도 어느새 담배는 제

입에 물려 있었습니다. 중반쯤인가? 밖에서 친구를 기다리고 있는데 학생부 선생님들이 오시더만 한 명씩 손 냄새를 맡으시더니 담배 폈던 아이들은 이름이 적혔습니다. 그런데 저는 그때 안 폈는데 같이 있었다는 이유로 학생부로 처음 끌려 왔습니다. 이때는 정말 억울했죠. 윤갑중 선생님께서 아침 8시까지 오라시길래 저는 더욱더 울고 싶었습니다. 하지만 친구들이랑 같이 있어서 두려움이 없었지요.

그렇게 친구들과 청소를 하다 보니 즐거웠습니다. 그런데 제가 몇 주 안 돼서 농땡이를 쳐버렸지요. 다른 친구들은 해제 됐는데 저 혼자 남았다가 다음 주 해제 명단에 올려졌습니다. 저는 마지막이다 하고 정말 열심히 했지요.

내일이 해제다~ 하고 학생부실로 청소 검사를 맡으러 갈려고 했는데 갑자기 담배가 푸고 싶었습니다. 딱 하나만 해야지 해가지고 담배를 푸고 청소 검사 맡으러 갔는데 윤갑중 선생님의 엄청난 후각신경에 제가 또 그 자리에서 종아리를 맞고 한 달 더 청소가 되었습니다. 그때 비도 오는 날이었고 해서 엄청나게 쓸쓸했지요. 저는 또 농땡이를 부려서 결국엔 3개월이란 긴 시간 뒤 해제되었습니다.

아참 여름방학 때 이야기를 빼먹을 수는 없군요. 어느 날 제가 게임장 뒤에서 담배를 푸다가 행님들한테 걸렸습니다. 제가 담배를 피우고 있는데 괜히 와서 시비 걸어가지고 저는 바로 끄고 뛰어가면서 욕을 했지요. 그러더만 그 행님이 황당하던지 저를 계속 노려보는 게 아닙니까? 그래서 저는 한마디 했죠! "눈 깔아 짜샤" 그러고는 눈썹이 휘날리게 엄청 달렸습니다.

아! 이제 다시 학교 이야기입니다. 그렇게 학생부를 떠나고 기분이 좋아서 화장실에서 담배를 피우게 됐습니다. 제가 오줌을 싸고 아이들은 나가고 친구랑 이야기하다가 물을 내리려는 순간 오~ 웬 행운인가 오줌 변기통 위에 다 하지도 않은 담배가 있었습니다. 저는 기분이 좋아서 바로 한번 했죠. 그리고 두 번째 하려는 순간 이상석샘과 마주쳤습니다. 저는 상석샘께서 학생부 가자 할까봐 정말 두려웠고 무서웠습니다. 만약에 학생부에 갔으면 저는 울었을 테죠. 제가 마음은 좀 여리거든요:; 나쁜 짓만 배워서 싸가지가 좀 없지만요:; 석 달 전에 제가 청소할 때마다 상석샘이 반겨주신 그 미소 잊지 않았습니다. 그런데 제가 상석샘께 이런 실망을 드리다니 더 이상 할 말이 없더군요.

그런데 샘께서 학생부 가는 것보다 5층 화장실을 봉사활동 하는 마음으로 청소하라길래 저는 기쁜 마음으로 농땡이 절대 안 부리기로 했습니다. 진짜 미친 듯이 청소만 죽도록 해보자!! 즐겁게 해보자!! 이런 마음으로 했지요. 8시 30분. 이 시간이 정말 머리에 꽉 차더군요. 진짜 이번이 마지막 기회다 놓치지 말자 하고 8시 30분에 못 와도 청소는 하자, 누가 해놨더라도 다시 하자, 꺼버린 불도 다시 확인하자, 이런 말을 유심히 생각하고 있었습니다. 저는 아침에 늦잠을 자서 7시 40분에 일나지만 준비하는 건 10분입니다. 그래서 저는 이런 생각으로 맨날 아침에 준비를 했습니다. '이 정도면 8시 30분에 금방 도착하겠지?' 하는데 하느님~ 왜 차가 이리 막힙니까? 정말 너무 하십니다. 이러고 항상 거의 8시 40분쯤 도착합니다. 상석샘 그래도 제가 열심히 청소를 해서 그나마 아이들 담배 피는 숫자가 많이 떨어진 것 같습니다. 앞으로도 자주 5층 화장실을 들러주십시오. 이제 5층 화장실이나 다른 데서 제가 나쁜 짓 하는 것이 안 보이실 겁니다. 저 이제 정말 착하게 살고 싶습니다. 상석샘님 제가 실망시켜드린 게 아직도 좀 남아있습니다. 그 죄를 없애려고 솔직하게 담배 푼 이야기 다 적어 샘께 드립니다.

다음부턴 실망은 안 드리겠습니다.

죄송합니다. (2004. 11. 5)

학교에서 얼른 없어져야 할 것 두 가지가 있으니 하나는 '벌 청소'요, 또 하나는 '반성문 쓰기'이다. 좀 과장해서 말하면, 청소는 신성한 노동이다. 이것을 벌의 방편으로 쓴다면 노동도 벌의 한 방편으로 떨어지고 만다. 청소를 하며 일의 보람과 재미를 느끼고 동무들과 힘 모아 함께 일하는 슬기를 배울 수 있다. 이 귀한 일을 벌 서는 아이들한테만 주어서야 되겠나.

반성문 쓸 때는

1. 읽을 사람 기분을 성하게 해서는 안 된다

2. 반성문에는 무조건 반성하는 태도와 마음을 드러내야 한다.

이 조건에 맞추려면, 거의 대부분 거짓말을 해야 하고, 입에 발린 소리를 해야 한다. 이런 일은 글쓰기를 할 때 지닐 자세를 바탕부터 흔들어 버린다.

이 반성문을 쓴 배원이는 작은 키에 순진하고 맑은 얼굴이 귀여워 아이들한테 인기가 많다. 이 아이가 몇 달을 화장실 청소를 하고 있다. 아무리 길어도 한 달일 텐데…… 무슨 잘못을 저질렀을까? 아냐, 틀림없이 남의 죄 덤터기 썼거나 억울하게 당하고 있을 거야. 나는 이렇게 짐작했다. 그래서 볼 때마다 등을 두드려 주며 격려하곤 했는데, 하루는 내가 화장실에 들어설 때 아뿔싸! 배원이가 한 모금 깊게 삼키고 있었다. 그냥 돌아서고 싶었지만 다른 아이들 눈도 있어 교무실 내 자리로 데리고 갔다. 아이는 바닥에 탈싹 꿇어앉는다.

"자존심이 있는 사람은 함부로 꿇어앉는 게 아니야."

보조의자에 앉히고는 귓속말로 물었다.

"언제부터 피웠니?"

"중3 때부터……."

"난 중2부터야."

내 속삭임에 안심을 했는지 귀여운 얼굴에 웃음이 돈다.

"벌을 받는다 생각하지 말고 사흘 동안만, 사흘은 3일이야, 딱 3일만 담배 딱 끊고 지내 볼 수 있겠나?"

"옛! 3일 아니고 3백 일도 할 수 있슴미다."

"그렇게 잘 안 될 거야. 난 배원이가 지키기 너무 힘든 걸 요구하고 싶지 않아. 그리고 담배에 얽힌 이야기 한 편과 청소하면서 깨달은 것이 있다면 그 이야기 한 편, 써 볼래?"

"아아하…… 글쓰기! 네에…… 할 수 있겠습니다."

이렇게 해서 태어난 글이 이 글이다.

이 아이의 행동을 어떻게 평가할 것인가? 나는 아주 솔직하고 순수한 마음을 지닌 아이라고 썼을 것이다. 담배 핀 죄로 벌을 받고 있으면서도 또 담배를 입에 댄 아이. 그것을 하는 족족 세 번이나 들킨 아이. 그렇다고 해서 아주 몹쓸 아이라 할 수 있는가? 다만, 재수가 없는 놈이지.

이 글을 보지 않았더라면 담배에 찌든 대책 없는 녀석이라고 욕했을지도 모른다.

"배원이, 글쓰기가 널 살린 줄 알고 있지?"

"우리 아버지도 알고 계십니다." (이 녀석은 나한테 농담을 곧잘 한다.)

"니 글. 내가 본 반성문 가운데 최고더라!"

학주한테 졸라리 맞았지 뭐

고1 최정호 이야기

우리 학교 학주, 와 가만히 있는 사람 데리고 간가(갈궈) 갖
고 삐뚝하면 때리거든.

요맨한 몽둥이 들고 삐뚝하면 이래 딱딱 때리면서 말한다
말이야.

쫄라 재수 없거등.

중3 때, 변소서 아아들하고 머슨 이야기하고 있었거든.

그냥 이야기만 했어.

그런데 그때 학주가 변소에 딱 들어왔는 기라.

여서 머 했어 이라대.

머 했기는.

그냥 이야기했습니다 했거든.

그런데 딱 우리 소지품 검사를 하는 기라.

탁탁 치면서 다 뒤졌어.

아! 근데 내 친구 하나 주머니에서 고마 딱 담배가 나왔는
기라.

그냥 소지만 하고 있었어.

안 폈어. 우리는.

근데 그때부터 학주는 우리를 막 주패는 기라.

볼때기 입수구리 아무 데나 막 때리는 기라.

나는 너무 억울한 기라.

이야기만 했는데.

안 팼는데.

그래 내가 벌벌 떨민서 이래 쫌 삐딱하게 서서 우빵을 잡고 맞았는갑서.

그라니까 이 사람이 머라 했어.

그런데 그때 나는 하도 억울하고 화가 나서 무슨 소리하는지 귀에 안 들어와.

그냥 억울한 기야.

학주가 '니 이 새끼 억울하마 무용실 내리가서 다이 함 깨까.'(한판 붙을래) 이랬다 카데.

나는 그때 그기 무슨 소린 줄도 몰랐어.

억울해가꼬 아무 소리도 안 들려.

머라 하기에 그냥 '예!' 이랬는 기라.

그라니까, 또 머라 하데.

'무용실 내리가서 다이 함 깨자'는 그 말이라.

나는 멋도 모르고 쫌 울민서 '예! 예! 옛!' 세 번이나 그랬는 기라.

우하하하~~~~~~ 그래 우째 됐는데?

머를?

무용실 내리 가서 우째 됐냐고?

또 졸라리 맞았지 뭐. (2004. 3)

아이들은 이렇게 당하면서도 금세 잊은 듯이 웃으면서 이야기한다. 아마, 듣고 있는 아이들도 이와 비슷한 일들을 떠올리며 '나만 억울한 줄 알았더니 정호는 더 하네······' 와르르르 웃으면서 맺힌 응어리 풀어냈을지도 모르겠다. 아이들이 어른들보다 훨씬 잘 견디며 살아간다 싶다.

이 글을 쓴 때가 2004년이다. 이때만 해도 아이들은 이렇게 맞으며 살았다. 학교가 생긴 이래, 우리는 체벌을 당연한 일로 여겼다. 학교는 엄격하고 무서운 곳, 교실은 체벌이 난무하는 곳이었다. 1979년 나는 막대걸레 대를 잘라 들고 다녔다. 손에 몽둥이와 다름없는 무기를 들고 다녔다니! 선생이고 아이들이고 그것을 당연히 여기고 살았다니! 다시는 되돌아갈 일이 아니다. 교사의 체벌(사실은 폭력)이 법으로 엄격히 규제받기 시작한 것은 언제부터인지 잘 모르겠지만 내가 학교 현장에서 살핀 바로는 2007년쯤부터가 아닌가 싶다. 그런데 이때쯤부터 교사들이 아우성치기 시작했다. "아이들이 도대체 말을 안 들어서 선생 노릇 못해 먹겠다!"

즐거운 청소
고2 홍기복

친구가 담배 피는 걸 망봐주다가 걸렸다.
나는 덩달아 걸려 화장실 청소를 한다.
매일 더러운 화장실을 청소해야 한다.
싸고 내리지 않은 변기
누렇게 찌든 소변기
친구들과 물로 씻어낸다.
점점 깨끗해질수록 청소 날짜는 줄어든다.
청소 마지막 날
친구들과 재밌게 청소하는 게 마지막이라
아쉬운 마음이 들었다.
청소가 즐거운 건 처음이다. (2005)

이 아이는 벌 청소 하면서도 "청소가 즐거운 건 처음이다"고
말한다. 일의 즐거움을 알았다. 까닭은 친구들과 함께 했기 때
문이다. 친구들과 함께 여행하고 놀고 공부하고 토론하는 생활
이라면 얼마나 행복해할까? 친구와 함께라면 변소 청소도 즐
겁다는 아이한테 자율학습과 보충수업만 강요하는 일은 아이
들을 홑사람(고독한 사람)으로 만드는 일이다.

스승의 날이었다.

고1 박정준

우리 반은 신생님께 편지를 썼고 나도 편지를 썼다. 편지를 쓰고 이쁘게 접어서 편지를 모두 모아서 선생님께 냈다.

다음 날 아침, 나는 아침 조례 시간에 앞으로 불려 나갔다. 문제는 편지 내용이었다. 그 선생님은 웃는 모습이라고는 보기 힘든 그런 선생님이었다. 나는 수업 시간 때 웃으면서 수업했으면 좋겠고, 앞으로도 자주 웃는 모습을 봤으면 좋겠다고 선생님이 조폭도 아니시고, 항상 웃으셨으면 좋겠다. 뭐 이런 내용의 편지를 썼다.

불려 나간 나에게 선생님이 "조폭?"이러며 뺨을 때렸다. 처음에는 멍멍했다. 그러나 자꾸 손이 날아왔다. 왼쪽 오른쪽 왼쪽 오른쪽 이렇게 열 대쯤 맞았을 때 나는 살이 찢어져 나가는 것같이 따가웠다. 뒤로 밀려나면서 맞았는데 구두로 앞다리의 뼈도 함께 찼다.

"너희 아버지 학교에 계시제? 그런데 그렇게 가르치더나?" 이런 말과 함께.

조례가 끝나고 나는 내 자리에 앉아 뜨거워진 볼을 식히면서 생각을 했다. 내가 뭘 잘못했지? 그 선생은 자기를 조폭에 비유한 게 너무 싫었던 것이었다.

너무 억울했다. 하지만 어떻게 할 수가 없었다. 그 이후로 나는 복도에서나 다른 곳에서 만나도 인사를 하지 않았다. 나는 스승의 날을 맞아서 기분 나쁘라고 쓴 게 절대로 아니었는데…… 주변 친구들이 교육청에다가 신고하라고 부추겼다. 나는 하러 갈까 결심했는데 막상 겁이 나서 못 했다. 그 선생이 괜찮냐고, 미안하다는 말 한마디만 했어도 나는 지금까지 그 선생을 미워하지 않았을 것이다. (2003. 6)

헛…… 거참…… 어이가 없다…….

모르는 걸 우짜라고?

고1 이재민

공부 못하는 깃도 죄인가요? 처음 봤을 때부터 썩 좋지는
않았다. 말하는 것이 쏘아붙이듯이 말하고 성격도 그리 좋
아 보이지 않았다. 역시 수업을 하다 보니 그 성격이 드러
났다. 공부를 하다가 갑자기 우리에게 "이온이 머꼬?" 이런
질문을 했다. 우리 반이 잘 모르자 "그것도 모르나 이 바보
들아." 이러는 것이었다. 그리고 나서는 갑자기 나무로 된
회초리를 가지고 모두를 때리는 것이었다. 또 한참 공부를
하다가 "전해질이 머꼬?" 이러시며 또 질문하더니 아까와
같이 모른다고 하자 또 때리는 것이었다. 속으로 이런 생각
이 들었다. '모르는 걸 우짜라고?' (2003. 6)

그러게 말이야, 모르는 걸 우짜란 말이고.
맞으면 모르는 게 알아지나?

248

바람직한 선생님

고1 김주일

작년, 그러니깐 중3 때 나에게 최악의 선생이 있었다. 그 이름하여 박○○. 그 선생에게 불만이 많은 건, 아니 나는 특별히 더 불만이 많았지만 불만이 없었던 학생들은 아무도 없었을 것이다.

중3 초기, 2학년 때 친했던 친구들은 모두 3반과 4반에 거의 몰려 있었다. 그런데 나는 7반이어서 항상 3반에 가서 점심을 먹고는 했다. 그렇게 그날 하루도 3반에서 친한 친구들과 점심을 다 먹고 내 반인 7반으로 돌아가려고 하는데 3반의 담임이었던 그 선생이 나에게 뒤에 있는 휴지 하나를 줍고 가라고 했다. 나는 그걸 줍고 쓰레기통에 버린 뒤 나갔는데 친구가 나에게 뭐라뭐라(지금은 생각나지 않지만 내가 휴지 줍는 모습을 보고 놀리는 말이었다) 했다. 난 그 소리를 듣고 손을 들고 공격하는 듯한 몸짓, 그러니깐 '죽을래?' 이런 식의 몸짓을 지었고, 내 앞에 그 선생이 있는 줄도 몰랐다. 어쨌든 그렇게 내 반으로 돌아가고 있는데 갑자기 그 선생이 나를 저 멀리서 불렀다.

"야! 야! 거기 앞에 물통 들고 가는 놈!"

물통? 나를 말하는 건가?

"저 말임까?"

"그래 니, 이리 와봐"

영문도 모른 채 나는 그 선생에게로 갔고 그 선생은 나를 벽 쪽에 몰은 뒤 꿇어있게 했디.

"저, 선생님 왜 그러시……."

짝! 짝짝짝! 짝짝짝짝……. 열 대도 넘게 맞았다. 영문도 모른 채 나는 뺨을 열 대고 스무 대고 맞은 것이다. 나는 너무 화가 나서 일어나면서 말했다.

"왜 때리는 겁니까? 제가 믄 잘못을 했다고요!!"

"왜 때리는 줄 몰라서 묻나? 니 방금 무슨 짓 했노? 내 뒤에서 손들고 뭐 하는 짓이야! 사람 안 본다고 뒤에서 욕하다니 그게 얼마나 나쁜 건지 알고 있나?"

당황스러웠다. 정말 황당해서 말이 안 나왔다.

"무슨 소립니까! 제가 언제 선생님 욕했는데요? 혹시 이렇게(팔을 들며) 한 거 보고 말하는 겁니까? 그건 제 친구에게 한 겁니다!"

"말이 되는 소리를 해라. 내가 그 말을 믿겠나? 니 진로 상담실로 당장 따라와!"

진로 상담실에서 나와 내 친구는 그때 상황을 선생께 설명하며 해명했고 그 선생은 나에게 미안하다며 그만 교실로 가라고 했다. 이 말이 없었다면 난 그 선생에 대한 감정이 더 이상 나빠지지 않았을지도 모른다.

"다음부터는 사람 뒤에서 욕하고 그런 짓 하지 말거라."

"선생님, 아까 제가 그런 게 아닌데 다음부터 그런 짓 하지 말라뇨."

그 선생은 풋 하며 비아냥거리고 못 믿겠다는 말투로 답했다. "그래그래, 니가 안 했다. 그만 교실로 돌아가라" 그렇게 교실로 돌아갔고, 그 선생은 5교시 마치고 나를 부르고, 6교시 수업이 종료된 후에도 나를 불러 나에게 진짜 안 했냐는 둥, 했으면 했다고 솔직히 말해라 말하면 봐주겠다는 둥, 그런 소리를 끝없이 늘어놓았고 나는 그 일이 있은 후로부터 그 선생과 사이가 나빠졌고 그 다음부터도 끝없는 악연이 있을 거라는 생각을 어렴풋이 했었던 것 같다.

그 일이 일어나고 몇 주 뒤.

수업 종이 울리고 오늘 발표할 조는 아이들을 일으켜 책을 읽게 하였다.

"승민이 책 읽어라" 친구의 말에 나는 책을 읽기 시작했고 그때 그 선생은 아이들이 숙제를 했는지 안 했는지 돌아다니며 검사하고 있었다. 내가 책을 막 다 읽었을 때 그 선생은 내 옆을 지나가고 있었다. 그때 그 선생과의 두 번째 큰 사건이 발생하였다.

"승민이 니 왜 책을 안 펴고 있노?"

나는 그 말에 방금까지 책을 읽고 있었고 책을 다 읽은 후 책을 책상에 먼저 놔두고 의자를 앞으로 당기며 앉는 중에 책상에 놓아두었던 책이 덮어져 버렸다고 말했다. 역시나 믿지 않았다.

"선생님, 왜 못 믿으시는 겁니까?"

"니 그때처럼 거짓말하는 거 아니가?"

"그때처럼이라니요! 그때도 말했듯이 거짓말이 아닙니다!"

"솔직히 그걸 어째 아는데? 니가 친구랑 짜고 말했을지……."

"혹시 그때 일 땜에 내한테 괜히 나쁜 감정이 있는 거 아닙니꺼? ……그렇다면 그런 식으로 날 대하지 말지요. …… 그때 제가 선생님을 욕한 게 아니었다 안 했습니까. 내 잘못한 거 하나도 없습니다."

솔직히 말은 안 했지만 그때 그 일이 있은 뒤 수업시간 중 종종 나를 째려보는 그 선생의 눈빛은 여러 아이들의 입과 눈으로 확인된 바 있다.

"이…… 이…… 그럼 니가 지금 잘했다는 거가?"

"지금 제가 선생님한테 대드는 건 잘못했다 칩시다. 하지만 원인을 제공한 건 선생님입니다!!"

"니…… 하! 이기! 교무실 내 자리 앞에 가 있어라!"

"제가요? 제가 왜요? 무슨 잘못을 그렇게 크게 했다고요?!"

나는 있는 대로 고함을 질러버렸다.

"당장 가 있지 않으면 부모님을 부르겠다!"

치사하게 부모님을 부른다니 어쩔 수 없어 난 자리에서 일어나 문을 나간 후 세게 문을 닫았다. 나중에 들은 얘기지만 내가 교무실로 가 있었을 때 그 선생은 그 수업시간 내내 그때 일과 나의 험담을 했다고 한다.

조금 뒤 그 선생이 교무실로 내려와 나를 데리고 교무실 중앙에 있는 작은 간이 회의실에서 상담을 하기 시작했다. 상담 내용은 그때 일에 대한 마무리와 이번 일 그리고 나에 대한 처벌들이다. 나의 처벌은 일단 그 선생에게 무릎을 꿇고 사죄한 뒤에, 반성문을 써서 반 아이들 모두가 보는 앞에서 읽는 것이었다. 나는 '나도 자존심이 있습니다. 정확히 누가 잘못했는지도 모르는 상황에서 저 혼자만 사과를 할 수 없습니다'라고 말하고 싶었지만 교무실 한복판 많은 선생님과 학생들이 있는 이곳에서 차마 그 말을 할 수 없었다. 나는 그렇게 무릎을 꿇고 사죄한 뒤 그 다음 도덕시간에 반 친구들 앞에서 반성문을 읽었다. 그때 나의 심정은 말로 표현할 수 없었다. 교사가 교단에 서서 학생을 믿지 못한다면 누구를 믿는다는 말인가? 바람직한 선생은 학생을 믿어 주는 선생이라고 생각한다. (2003. 7. 14)

학생인권조례를 시행하려고 하자 교사들 가운데도 반대하는 사람이 많았다고 한다. 이 글에 나오는 교사라면 틀림없이 반대했겠다. 실은 이런 교사들 등쌀에 아이들이 억울한 일 당하지 않고 살기를 바라면서 발의하지 않았던가. 더욱이 요즈음은 학생들이 교사를 폭행한 일이 세상 이야깃거리로 되고 보니 학생인권조례는 근본 취지를 잃어버리고 물속에 가라앉은 듯하다.

어쨌거나 이 억울한 일을 당한 학생은 부디 가슴 열어 응어리를 풀기 바란다. 지금 이렇게 온 천하에 억울했던 사연이 훨훨 떠돌지 않는가.

이 글은 한 군데 막힘없이 물 흐르듯 잘 읽힌다. 문장이 물 흐르듯 하면 그보다 좋을 수 있겠나. 자기 억울한 사연을 썼으되 감정에 치우치지 않고 될 수 있는 한 있었던 일을 대화로 그려낸 일, 참 잘했다. 글을 써 본 것만으로도 한결 개운해졌으면 좋겠다.

못난 것이 아름답다

−이상석 선생님의 《못난 것도 힘이 된다》를 읽고

고1 한동혁

이상석 선생님께.

초등학교 4학년 때 일기장에 이름을 지어준 적이 있습니다. 지금은 이름을 밝히기도 민망한 그 유치한 이름의 일기장에 어린 저는 참 열심히 일기를 썼습니다. 아마 안네의 일기를 보고 '나도 키티 같은 일기장 친구가 있었으면 좋겠다'라고 생각해서 이름을 지어 준 것 같은데 정말 그 일기장에 안네가 그랬듯 고민과 아픔을 쓰기도 하고 아무에게도 하지 못했던 마음 깊은 곳의 이야기를 털어놓곤 했습니다.

다시 그 일기장을 펼쳐 보면 당시 저를 둘러싸고 있던 부모님의 재혼에 대한 슬픔, 새로운 가정에 대한 거부감, 친구들과의 갈등 같은 저의 기억들이 고스란히 느껴져서 왠지 동생의 아픔이 담긴 일기장을 훔쳐본 것처럼 조금은 측은하고 조금은 죄스러운 느낌이 들곤 합니다. 어린아이의 일기장에 어찌 그렇게도 '죽고 싶다'는 말이 많았던지. 어쩌다가 이렇게 자신을 비하하고 낮추는 데 익숙해져 있었는지. 지금 생각하면 마음이 아픕니다. 이렇게 저도 선생님처럼 일기를 쓰며 나에 대해 고민하고 있었습니다.

반항과 방황, 사랑과 우정은 청소년의 친구인 것 같습니다. 선생님께서 마주했던 여러 감정들. 과외 시간에 풀었던 문제가 중간고사에 그대로 나왔을 때 그동안 몰랐던 부당함에 눈뜨게 되었고, 과외를 하던 담임선생한테 펜치로 허벅지를 집히면서 두려움과 고통으로 몸을 떨며 느꼈던 반항심, 패거리를 이루어 몰려다니며 싸우고 담배 피던 때, 자기는 학교에 떨어졌으면서도 친구의 합격에 기뻐 달려가 소식을 전했던 그 마음. 사랑을 하지 않고는 견디지 못했던 그 시절들.

선생님도 지금의 저처럼 아픔을 느꼈고 방황을 했고 철없이 마냥 사랑하고 싶었으며 가끔은 스스로를 괴롭혔다는 것을 알고 위로가 되었습니다. 또한 다른 어른들도 어린 시절에는 모두 각자의 일기장을 가지고 있었을 거라고 생각하니 새삼 어른들이 달리 보이기도 했습니다. 세상에 청소년기를 거치지 않은 어른은 없으니까요.

저는 가출을 해본 적이 없습니다. 언젠가 한번 집이 싫어서 도망간 적이 있었는데 막상 나가보니 갈 곳이 없어 PC방에 앉아 있다가 3시간 만에 잡혔던 기억이 다입니다. 하지만 선생님께서 가출하시면서 느꼈던 상실감과 허무함이 어떤 감정이었을지 조금은 상상이 됩니다. 죽음에 대해 생각하고 나에 대해 고민하고 가슴 아프도록 가족을 떠올리고 세상이 별것 아닌 것 같다가도 갑자기 너무 크게 다가와 숨이 막히기도 하고 눈물도 나고 웃음도 나는 그 마음. 청춘의 마음이라는 것은 너무 변덕스러워 보입니다. 깊지 않은 뿌리처럼 아무것도 아닌 나를 떠올리지요.

어제보다 조금은 나은 삶을 살고 싶은데. 내가 존경하는 저들을 내가 닮아갔으면 좋겠는데 말입니다. 저도 저를 믿었던 만큼 배신하는 제가 참 미울 때가 많습니다. 그럴 때면 가장 먼저 엄마한테 미안하고. 나를 믿어주시는 선생님께 죄송하고. 못난 친구가 되어 버린 것 같아 친구들한테도 미안합니다. 이 자괴감이라는 것은 쉽게 익숙해지지 않았습니다.

이렇게 우리는 참 못났지요? 꿈을 꾸는 것을 좋아하지만 꿈을 이루는 것에는 적극적이지 않고 두려워하고, 스스로 도망가면서 가만히 있는 꿈이 멀어져 간다고 슬퍼하고, 세상이 더럽다고. 세상은 죽었다고 불평하면서 정작 내 주변의 세상이라도 살리려고 노력하지도 않고, 별로 큰일도 아닌 일에 들떠서 세상을 다 안 것처럼 떠들고 폼을 잡기도 하지요. 이처럼 우리는 진지하게 코미디를 하면서 울고 웃습니다.

하지만 선생님의 말처럼 세상에 못나지 않은 아름다움이 있을까요? 모두에게 외면받았지만 결국에는 아름다운 민들레가 되어 날아간 강아지 똥도, 걷다 보면 쉽게 차이지만 없으면 어떤 집도 짓지 못하는 돌멩이도 다 할 일이, 아름다움이 있습니다. 하물며 귀중한 생명을 가진, 무한한 잠재력을 가지고 있는 우리들을 어찌 쓸모없다고 할 수 있을까요. 단지 아직 자기 세상을 만나지 못했기에, 나를 찾아가는 여행 중에 있기에 아파하고 있는 것이지요. 그렇기에 세상은 이상석이라는 개똥 칠학자를 포기하지 않고 하나의 '힘'으로 클 수 있도록 보듬어 주었겠지요.

선생님께서 말씀하셨듯이 사실 우리는 아무것도 아닙니다. 하지만 아무것도 아닌 것이 젊음이라면, 무언가가 되고 싶어서 날뛰고 아무것도 아닌 나를 알고 싶어서 울부짖는 것도 젊음이지요. 못난 우리, 힘없는 젊음. 아파할 권리가 있는 젊음. 방황과 반항의 친구인 젊음. 사랑을 하지 않고는 가만히 있지 못하는 뜨거운 젊음. 우리는 젊음입니다.

대안학교를 다니다가 인문계 고등학교를 다니게 되면서 우리나라 청소년들의 삶을 저도 살게 되었습니다. 꽃피는 봄날의 따뜻함과 향기를 느끼지 못하고 교실 안에서만 생활하는 우리들. 선생님께서 자주 가셨던 낙동강을 모르는 우리들. 교문 위에 높게 걸린 서울대 합격을 축하하는 플래카드를 등교할 때마다 보는 우리들. 꿈꾸는 방법을 배우지 않는 우리들. 우리는 언제쯤 가을 들녘을 걸으며 시를 읽고 떨어지는 낙엽을 볼 수 있을까요. 언제쯤 나를 괴롭히는 일을 그만둘 수 있을까요. 시험이 세상이고, 시험을 망치는 것이 세상 끝으로 밀려나는 것이라고 생각하는 우리들이 언제쯤 못

난 것이 힘이 된다는 것을 알 수가 있을까요.

티베트 아이들은 개미들의 길이 찻길을 향해 있다면 손가락으로 새로운 길을 만들어 개미들을 숲으로 안내한다고 합니다. 이 땅의 젊음들 그리고 젊었던 모든 이들도 개미입니다. 우리는 손가락으로 새로운 길을 만들어 줄 감수성을 지닌 존재를 필요로 합니다. 저는 못난 사람들의 힘은 바로 이런 감수성에서 나온다고 생각합니다. 늘 1등만 하는 사람. 모든 것이 잘난 사람은 타인을 생각하는 마음이 없습니다. 내가 그 아픔을 알기 때문에, 그 길의 위험을 알기 때문에 그 길을 대신해 새로운 길을 만들어 줄 수 있는 사람이 바로 못난 사람들이라고 생각합니다.

세상은 종종 우리를 하나하나로 보지 않고 전체로 보는 경향이 있습니다. 그래서 선두의 아이들에게만 관심을 갖지요. 하지만 저 멀리 보이지 않는 곳에 서 있는 친구들에게 선생님의 책을 선물하고 싶습니다. 감사합니다.

2011년 5월 30일

한동혁 올림

동혁이는 1994년생, 편지를 쓴 2011년에는 고등학교 1학년 때였다. 고등학교 1학년 학생의 글이라고 믿기지 않을 정도로 뛰어난 글이다. 문장과 내용 어느 한 군데 걸림이 없다. 보통 아이들과는 달리 그의 정신세계는 사뭇 드높다.

그의 삶을 학년에 따라 말하는 것은 여기서 끝내야 한다. 그는 정규 학교를 따박따박 다닌 학생이 아니기 때문이다. 초등학교를 여섯 군데나 옮겨 다닌다. 이사를 가는 바람에 옮긴 것이 아니라 축구공 차이듯 혼자 튕겨 갔다. 부산에서 제주로, 제주에서 김해로, 김해에서 부산으로, 부산에서 춘천으로 그러다가 제주 신광초등학교에서 야구 특기생 활동을 하다가 졸업을 한다. 중학교는 대안학교를 잘 다녔는데 이번에는 학교의 내분으로 2년을 못 채우고 독학을 한다. 고등학교도 정규학교는 1년 1개월을 다니다가 그만둔다. 그리고 지금은 중앙대 영화학과에서 공부하고 있다.

거칠게 말하자면 학교 물을 덜 먹어서 생각이 자유로워진 게 아닐까 싶다. 그리고 이런 자유 속에는 어린 나이로 겪어 내지 않으면 안 될 불행이 도사리고 있다. 아버지 어머니의 불화로 온전한 가정의 다복하고 평온한 삶을 살지 못했다는 말이다. 함부로 할 말은 아니지만 동혁이는 이런 불행을 자양분으로 바꾸어 낸 사람이지 싶다. 바위틈에 뿌리 내린 절벽의 소나무처럼 귀하고 야물다.

정규 고등학교는 딱 1년! 거기서 알게 된 것도 딱 하나! '어이없는 억압과 같잖은 가치관 주입만 하려 드는 가소로운 학교!'였다. 자퇴를 한 뒤부터는 예전부터 하고 싶어 하던 영화 만드는 일에 몰두한다. 하마 그는 독립 영화 동네에서 유명 감독이다. 〈그 자퇴하는 학생은 어디로 가면 됩니까!〉(2012) 〈종달리〉(2014) 〈서울 누나〉(2016)와 같은 작품으로 세상의 주목을 받고 있다.

나는 그가 우리 예술 세계를 끌어 갈 소중한 동력이 될 것이라 굳게 믿는다. 이런 동혁이므로 젊은 시절의 구설과 시기 질투 같은 것들 슬기롭게 헤쳐 내고 뚜벅뚜벅 제 길 가시라, 어깨 두드린다.

"복규할생각은 없으니 선생님도 잘계시고요."
고3 김수철

제가 글을쓰게 된동기는 오늘 가슴아픈 일이 있어서 쓰는
겁니다. 저는 2학년 마친후 산업학교로 옮기게 되엇습니다.
그이유를 들라면 제가 공부에 적성이 맞지 안코 좀더 꽉 막
힌 학교에서 풀려나 좀더 자유로운 생활을 하기 위해서입니
다. 지금도 다니고 있지만은 제가 그학교를 간게 잘한건지
못한건지 아직모르겟네여……. 지금도 노력을 안하고 놀고
있어서 그런생각을 가진 거일수도 있지만은 제가 생각했던
직업학교 그것과는 약간의 오차가 있는거 같아요. 저도 무
지 생각을 만이 가져습니다 예전에 한때 방황할때 학교를
빠지고 공부 안하고 놀기만 했는데 시간이 가면 갈수록 그
게 조금씩 후회가 됩니다.
저 무지 생각했습니다. 보름전부터 공부를 조금이나마 해야
겟다는 생각이 조금씩 들더군요. 그래서 산업학교 담임선생
님과 상담도 만이 했져 제가 복규를하면 잘견뎌낼런지. 그
러니 산업학교 담임선생님은 니가 진짜 본교에 가서 잘할수
있고 공부할생각이 있으면 거기 가고 아님 조금이나마 편
한 생활을 하고 자격증을 따서 전문대 갈려면 여기에 남으
라고 하더군요. 그래서 저는 오늘 담임선생과 상담을 한

번 더하고 본교에 가서 담임선생님을 만나뵙고 신중히 생각해서 제가 꼭 가야한다는 길을 간다고 하고 나왔습니다. 저는 버스를 타고 본교로 와져 버스를 타면서 무진장 고민이 되더군여. 막상 이야기를 하고 본교로 간다는 식으로 말하고나니 마음 한구석이 좀 허전하면서 좀 쓸쓸한 기분이라고 할까 그런마음이 들었습니다. 저는 본교에 와서 지금3학년인 담임선생님을 뵈었습니다 교무실로 갈려는차에 담임선생님께서 계단으로 내려 오시더군요.그래서 저는 인사를 드리고 상담을 한다고 했습니다. 저는 제 솔직한 마음을 선생님께 말했져. 지금 산업학교에 있는거보다 본교로 돌아와서 공부를 조금이나마 했으면 한다고…… 그래 말하니 선생님께서는 지금 절차도 복잡고 차라리 거기에 남아서 전문대를 가는게 났다고 계속 말하시더군요. 그리고는 복교 시키고 안시키고는 선생님이 하는게 아니라 교장선생님께서 하신다구요. 글고 다시 이 딱 막힌 수업일정표에 견뎌 낼수 있냐고 물어보시더군요.

제가 본교로 온 이유가 뭐겟습니까. 전 솔직히 말해서 진심으로 선생님께 말슴드리고 저두 공부할생각이 조금이나마 들어서 왔는데 선생님께서 그러시니 정말 가슴이 아프더군요. 제가 비록 1학년때부터 2학년때가지 공부 안하고 결석 많이 하긴했지만 전 특별히 사고친 거나 그런건 없는데 선생님 말씀을 들어보니 한마디로 다시 오면 교실 분위기를 허터리고 학교 안나오고 말썽을 부린다는 식으로 말씀하시더군요. 그래서 저는 선생님께 이렇게 말하고 갔져. 선생님이 저를 안받아주신다는거네어. 그럼 저는 사업학교를 다니던지 아님 자퇴를 내던지 하겠습니다 하고 갔습니다. 그러니 선생님께서는 제이름을 두 세번 부르시더군요. 전 실망한 나머지 그냥 선생님의 부름을 무시하고 그냥 나갔습니다. 내려갈때 눈물이 나오더군요. 제가 꼭 소외받는다고 할까. 저는 교문을 나가고 택시를 탈때가지 눈물을 흘려습니다…… 저는 집에 와서 부모님과 지금까지 있었던 이야기를 하고 한번더 생각했져.

이제 확실하게 결심이 섯습니다. 절대 본교로는 돌아 가지 안겠노라고. 솔직히 전 선생님이 무지 밉습니다. 따듯한 말한마디라도 해주시지 안코 그냥 거기 남는게 더낳다는 식으로 말씀을 하니깐여. 이제 저도 알꺼 같네여. 문제아는 영원한 문제아로 남는다는 것을. 저는 이일을 평생 잊을수 없을꺼 같네여. 그리구 제가 거기 남아서 꼭 성공해서 선생님 앞에 당당하게 나타나드리죠.

만난지 얼마 되지 안은 산업학교 선생님도 너가 판단 잘해서 현명한선택을 하라는 말씀을 해주시는데, 지금 2학년때부터 뵈어죠 지금 ○○고 3학년 담임선생님을여, 근데 신중히 다시 너가 어떤판단을 하는게 현명한 선택인지 잘한번 다시 생각해봐라는 말도 안하시고 선생님 말씀대로 남는 게 낫다면서 다시오면 적응못한다는식으로 말씀하시니 정말 가슴아픕니다. 이제 선생님 말씀을 듯고 더이상 복규 할 생각은 없으니 선생님도 잘계시고요 지금까지 쓴글이 저에 솔직한 마음이었으니 그냥 알아 주시기만 하셧스면 합니다. (2001. 4)

이 글은 우리 학교 홈페이지에 올라온 글을 그대로 옮긴 것이다. 여기에 나오는 담임은 바로 나다. 나는 지금껏 아이들을 사랑한다고 생각해 왔다. 어렵고 소외당하는 아이들은 더욱.

이 아이는 2학년 때부터 보아 온 아이인데 공부 시간에 늘 엎어져 자는 아이였다. 도무지 어떻게 해 볼 도리가 없을 정도로 공부에는 마음이 없어 보였다. 수학여행 가서는 한 아이를 야비하게 괴롭히다가 선생님들에게 호되게 맞는 모습도 보았고 걸핏하면 학생부에 불려 오는 것도 보았다. 그리고 3학년 때 우리 반이 되었는데 반 편성 때 얼핏 한 번 보고는 보지 못했다. 직업반 학생이 월요일은 학교로 오는데 이 아이는 한 번 오더니 그다음부터는 오지 않았다. 그래도 관심을 두지 않았다. 어차피 서류만 우리 반 아이일 따름이다.

올해 나는 아주 행복해하고 있었다. 몇 년 만에 나와 호흡이 아주 잘 맞는 아이들을 만났기 때문이다. 조, 종례 할 때나 청소할 때나 이렇게 내 뜻을 알아주고 열심히 해 주는 아이들이 없다. 아이들이 좋아 죽겠다. 이날도 아이들과 한참 웃으며 종례를 하고 내려오는데 수철이가 막 교무실로 올라오고 있었다. 물을 들인 머리는 옷깃을 덮고, 구두는 수술이 달린 날라리 구두(아이들이 이렇게 말한다)를 신고, 안경에는 색깔이 들어 있다. 나는 그 꼴부터 정나미가 떨어졌다. 솔직히 아이가 귀찮기만 했다. 돌아온다는 생각을 하니 머리가 아프다. 밤낮없이 엎어져 있는 꼴을 어떻게 보며, 모처럼 마음 맞춰 잘 살아가는 우리 반에 평지풍파를 일으킬 것만 같다.

내가 딱 잘라서 '안 돼' 할 수도 없고 하지도 않았지만 아이는 내가 얼마나 자기를 귀찮게 생각하는지 다 알고 있었다. 픽 돌아서서 내려가는 아이를 보고야 '앗차' 싶었다. 이게 아니구나. 그러나 아이는 불러도 대답 없이 내려가 버렸다.

그리고 다음 날 옆 선생님한테 수철이가 글 올렸다는 이야기를 듣고 '녀석, 욕을 한 바가지 퍼부었겠구나' 하고 열어 보았다. 그러나 아주 점잖은 말투로 글을 썼다. 있었던 일을 부풀리지도 않고 자기 마음도 잘 드러냈다. 그제야 다시 놀랐다. 내가 생각한 아이가 아니구나. 글을 이렇게 쓰다니. 그래, 자기 딴에는 얼마나 어렵게 찾아온 길이었을까. 벼르고 별러 온 학교인데 담임은 아주 귀찮은 듯이 복도에 세워 둔 채 적응하기 어려울 것이라는 말만 하고 있었으니.

내가 아이를 사랑한다고? 소외받는 아이를 위해 일할 것이라고? 얼마나 거짓인가. 아이가 울면서 내려가고 난 뒤 기껏 생각한 것이 '교육청에 고발이라도 하면 창피를 톡톡히 당하겠군' '그 매무새로 학교 올라와서는 복교를 하겠다고? 안 쥐어박힌 게 다행이다' 이랬다.

아이는 학교에 돌아오고 싶은 것보다 나에게 따뜻한 격려를 받고 싶었는데. 내가 이렇다. 애보다도 못하다. (2001. 4. 18)

17년이 지난 지금 윗글을 읽으며 다시 생각해 본다.

수철이가 산업학교로 갔다가 복교하기 위해 나를 찾아왔을 때 (2001) 나는 수철이 머리 모양을 보고는 아이를 규정해 버렸다. 우리 교실에 들일 수 없는 아이라고. 그러다가 《학교가 뭐길래》 감상 글을 쓸 때(2014) 나는 두발 규정이 학생 인권의 바로미터가 된다, 언제까지 아이들 머리를 가지고 시비할 텐가 하고 말했다.

수철이를 받아들일 수 없다고 판단할 때, 그때 내 마음도 진정이었고, 두발 규정이란 말부터 없애야 한다고 주장할 때, 그때 내 마음에도 거짓이 없었다.

그렇다면 두발에 대한 내 잣대는 어디에 있는가. 세월이 흐른 지금 생각해 보니 잣대는 끊임없이 변하고 있다. 오늘 당장 우리 반으로 수철이가 돌아온다면? 그래, 나는 따뜻하게 받아들일 수 있을 것 같다. 우리 반 아이들한테 재미난 친구가 돌아왔노라고, 이 멋있는 헤어스타일과 패션에 격려 박수 부탁한다고. 아이들은 분명 거부하지 않을 것이다. (2018. 8)

글을 마지막으로 정리하는 이제야 문득 가슴 저리구나. 내가 수철이를 울려 보낸 죄는 누구에게 어떻게 죄다짐해야 하나. 감상感傷 섞인 생각이지만 '나는 늘 누구에겐가 죄를 지으며 살아가는구나' 싶다. (2018. 12. 1)

중·고등학생에게 필요한
보기글을 주고 싶었다

아침 자습시간이면 전날 집에 갈 때 칠판에 적어 둔 시를 읽고
감상문을 썼다. 1교시 수업은 깡깡이 소리와 함께 시작되었지.
우리 학교 벨 소리에 작업 시작 신호를 맞추어 둔 듯 수업을 시
작할라치면 울려오던 깡깡이 소리. 간혹 짜장면 배달 왔다는
소리가 담을 넘어 교실까지 들려와서 우리를 웃겨 주었지. 더
위가 시작되는 5월에도 창문을 닫아야 집중이 되던 교실. 그런
악조건들이 우리들을 글쓰기에 몰두하게 한지도 몰라. 우리는
세상살이 힘든 모습을 적나라하게 보았다. 무엇인가 늘 모자
라고, 있어야 할 것이 없던 학교, 가령 봄바람에 살랑 벚꽃잎이
날아드는 교실이라든지, 운동장 가장자리에 호위 무사처럼 키

크고 둥치 굵은 미루나무 두 그루가 서 있는 풍경이라든지. 그러나 이런 학교를 그리기는커녕 꿈조차 꿀 생각 못 했다. 초등학교 때부터 제대로 대접받지 못해도 당연하게 생각했으니까. 그래, 태어날 때부터 가난했으니까.

거기서 우리는 시화전을 열었고 '시 맛나게 읽기'를 했고 우리가 쓴 희곡으로 연극을 만들어 올렸고 학급문집 〈여울에서 바다로〉를 펴냈다. 쉰을 넘긴 선생님들 사이에서 애 같은 내가 학교가 들썩거리도록 깨춤 추며 설쳤는데, 선생님들은 어떤 마음으로 그 깨춤 보고 있었을까. 다행히 그분들은 그런 나를 격려하고 사랑해 주었어. 학교를 마치면 제2 교무실처럼 들르던 선술집에서도 내가 총무를 맡았지. 숟가락 끝으로 맥주병을 빵빵 터뜨리며 나도 한때 화류계였음을 온몸으로 보여 드렸지. 그때가 나에게는 가장 빛나던 시절이었구나. 그 시절에 '학급문집에 이적성이 의심되는 비교육적인 어휘를 구사하고 있다'는 죄목으로 감봉 처분을 받기도 했지만, 그럴수록 글쓰기 교육은 내가 교단에서 이루어 낼 가장 소중한 공부로 자리 잡아갔다.

그 공부길에서 스승을 만났으니 이오덕 권정생 김수업 선생님 같은 분이다. 아! 그 이름만으로도 목이 메는 우리 선생님. 이렇게 성함을 쓰고 보니 세 분 다 돌아가신 것을 새삼스레 확인하게 되는구나. 무슨 걱정거리 생겨도 우린 발 뻗고 잘 수 있었지. 어려운 일은 선생님께 미루면 되고, 모르는 것은 선생님께 여쭈면 되고. 그렇게 우리 하늘로 우리 언덕으로 계시던 선생님이 한 분도 안 계시는구나. 아! 찬바람 몰아치는 빈 고갯길로 내몰린 듯 서럽고도 아뜩하여라.

글쓰기를 할 때, 마음속에는 하고 싶은 말이 있는데 그걸 글로 드러내자니 그만 앞이 탁 막힐 때가 많다. 내 마음이 맑지 못하고 간절하지 못한 때문인 줄 안다. 간절하면 어떻게든 뚫리고 뚫리면 콸콸 봇물 쏟아지듯 이야기가 쏟아지기도 한다. 그런데 처음 글을 쓰는 사람들하고 공부를 해 보면 좀 다르다. 할 얘기는 버글버글한 듯한데 이게 말(글)이 되어 나오지를 못하고 있다. 이때 가장 필요한 것은 글감에 따른 갖가지 '보기글'이다. 보기글만 좋으면

"자, 이 글 보십시오. 가슴에 쿵 울려오는 게 있지요. 이걸 감동이라고 하는데, 이 글이 감동을 주는 힘이 어디 있습니까? 이 글이 아주 화려하고 어렵습니까? 아니지요. 그냥 우리가 평소에 하는 말을 그대로 썼죠? 어려운 한자말이나 영어를 썼습니까? 뭔지 모르게 우리를 가르치고 주눅 들게 하는 힘이 있습니까? 아니지요. 그래도 감동을 주죠. 왜일까요? 그렇지요. 쉽고 편한 말로 자기가 보고 듣고 한 일을 그대로 썼을 뿐입니다. 다만 그 마음이 참 간절하구나, 절실하구나 싶은 느낌이 들지

요? 이게 감동을 주는 힘입니다. 이런 글 정도는 우리도 쓸 수 있겠지요. 여러분도 무엇을 어떻게 써야지 하는 생각이 떠오르지요?"

그러면 글쓰기는 절로 시작된다.

초등학교는 중등에 견주어 아주 풍부한 보기글을 가지고 있다. 중·고등학교 글쓰기 시간에는 기성작가 글이나 초등학생 글을 보여 줄 수밖에 없는 형편이다. 작품만 좋으면 됐지 쓴 사람 나이가 무슨 소용인가마는 그 또래만이 나눌 수 있는 눈빛과 느낌이 왜 없겠는가. 내가 이 책을 내는 까닭은 중·고등학생들도 또래가 쓴 글을 읽고 자기 나름대로 글쓰기를 해 보시라, 바라는 마음 때문이다. 이 책에 내보이는 보기글이 그 구실 하리라 믿는다.

'글쓰기 공부가 기쁘고 즐거우려면 어째야 할까?'

내 평생의 화두이다. 지금까지 생각한 것은 이런 것이다.

첫째. 자유롭고 거리낌 없이 말하자.

이 눈치 저 눈치 이 걱정 저 걱정 화악 쓸어버리고 거침없이 내지르자. 이렇게 쓴 글은 날것 그대로 성성한 글(말)이 될 것이다. 이것이 젊은이다운 글이다. 실수할까 두려워하고, 제 모자란 점이 까발려질까 겁내면 평생 아무 일 못 한다. 일한다 해도 남의 종살이나 할 뿐이다. 이는 스스로 자유를 포기하는 짓이다. 그리고 남이 써낸 글을 두고 비난하거나 야유나 핀잔을 주어서는 안 된다. 이는 남의 자유를 가로막는 일이다.

둘째, 재미와 기쁨이 있어야지.

재미있는데! 기쁨으로 가슴속이 흥선해시는네! 그러나 바로 전해 줄 수는 없네. 자기가 실제로 해 보아야 얻을 수 있는 재미요, 기쁨이거든. 하루 일기라도 마음먹고 찬찬히 써 보면 그 기쁨 느낄 텐데!

셋째, 제 줏대 하나는 가슴 한복판에 떡하니 버티고 서 있어야!

아직 배우는 학생인데 무슨 줏대가 필요한가, 오히려 유연한 마음으로 무엇이든 받아들일 줄 알아야지. 그럴 듯한 말이다. 그러나 나는 아니라고 본다. 의義를 심지로 박은 줏대는 생각이 맑고 확실하면서도 당당한 법이다. 이것이 젊은이들의 힘이다.

넷째, 제 잘난 것 드러내려고 글 쓰는 일, 힘 앞에 아첨하는 수단으로 글 쓰는 일, 사람들을 제 뜻대로 현혹하려고 글 쓰는 일은 하지 않아야 한다. 자기 생활 속에서도 늘 이런 생각을 지닐 일이다.

이 책 속 작품을 쓴 사람들은 과연 기쁘고 즐겁게 썼을까? 나는 당당히 자신 있게 말한다. 다들 재미나고 즐겁게 썼다. 자유롭게 할 말 다 했다. 난 이것이 고맙고 기쁘다. 다만 내가 어려워한 것은 가리고 가려 모아 둔 글을 다시 솎아 내야 하는 일이었다. 책을 한정 없이 늘릴 수 없는 노릇 아닌가. 감동이 덜하 건 말건 제 마음이 담긴 글은 제 몫의 가치를 지닌다. 실을 만 하다. 그래서 잘 쓴 글이 밀려나기도 했다. 또한 글보다 삶이 아름다운 사람이 많다. 그런 사람도 기억되어야 한다. 또 다른 글이 자리를 양보했다.

서너 달 동안 글을 고르고 매만지며 거기 푹 빠져 살았다. 나 는 이렇게 즐거웠지만 그 시간만큼 우리 엄마는 심심하셨을 것 이다. 엄마는 걸핏하면 내 방 문을 슬며시 열고 들어오셔서 내 가 글 쓰고 있는 것을 멀뚱히 바라보고 계신다. 내가 그냥 있을 수가 없어서 "엄마, 내가 좀 바쁩니다. 못 놀아 줘서 미안해요" 하고 말하면 싱긋이 웃으며 당신 방으로 가신다. 아흔이 되신 우리 어머니, 이 일 끝나고 나면 정성껏 놀아 드려야지.
그리고 아이들 글을 고를 때 중심을 잡아 준 이데레사 선생님, 내가 붙인 해설을 꼼꼼히 읽고 문장을 바로 잡아 준 이금희 선 생님 이혜숙 편집자님 고맙습니다(영화상 받는 배우들 심정 알겠 네^^).

2019년 1월 15일
해운대 장산 자락에서
이상석

작품 찾아보기

277

279

1판 1쇄 | 2019년 2월 21일
1판 2쇄 | 2019년 5월 23일

글쓴이 | 이상석
펴낸이 | 조재은
편집부 | 박선주 김명옥 육수정
영업관리부 | 조희정 정영주

편집 | 이혜숙   표지와 본문 디자인 | 김선미

펴낸곳 | (주)양철북출판사
등록 | 2001년 11월 21일 제25100-2002-380호
주소 | 서울시 마포구 양화로8길 17-9
전화 | 02-335-6407   팩스 | 0505-335-6408
전자우편 | tindrum@tindrum.co.kr
ISBN | 978-89-6372-289-4 03810   값 | 14,000원

© 이상석, 2019
이 책의 내용을 쓸 때는 저작권자와 출판사의 허락을 받아야 합니다.

잘못된 책은 바꾸어 드립니다.